善人は二度、牙を剝く

ベルトン・コッブ

菱山美穂［訳］

論創社

I Never Miss Twice

1965

by Belton Cobb

目次

主要登場人物

ブライアン・アーミテージ……ロンドン警視庁捜査部巡査部長
チェビオット・バーマン……ロンドン警視庁捜査部警部
キティー・パルグレーヴ……ロンドン警視庁女性捜査部巡査
ミスター・ルダル……下宿大家
ミセス・ルダル……下宿大家
クラレンス・ルダル……下宿大家夫妻の息子
キャロライン・ルダル……下宿大家夫妻の娘
フィリップ・ヤング……レストラン客
フライト……ロンドン警視庁捜査部警部補
リチャード・チェンバーズ……ロンドン警視庁捜査部巡査部長
バーケット……ロンドン警視庁捜査部巡査部長

善人は二度、牙を剝く

第一章　貸し間あり

1

「理性的とは思えません。納得いきません、警部」ブライアン・アーミテージ巡査部長がそう訴えるのは五度目だった。

　同じ訴えを五度聞いたバーマン——チェビオット・バーマン警部——が、いらだたしげに返答する。

「納得する必要はない。わたしが把握しているんだ。ルダル一家——父親、母親、息子——に聞き取りをして、シロだと確信した」

「お言葉ですが、ルダル一家は本事件に深く関わっているはずです」

「それはフラムの住人の多くがそうであるように、夜に〈牡鹿とヤマアラシ（ザ・スタッグ・アンド・ポーキュパイン）〉へ行く習慣があるからだろう？　そうすれば自然と顔見知りになるものだ。レディー・クリフォード所有のダイヤモンドを盗んだ容疑者とわれわれが目するマッケンジーが、たまたま店にいただけだ」

「とにかく、ルダル一家に不利な情報です」アーミテージ巡査部長は言った。

「そうかね？　パブでたまたま会った人間の品性や素性をいちいち調べるというのか。誰もそんなことはしないぞ」

「ええ、おっしゃる通りですが、マッケンジーがルダル一家の息子に何か手渡したのは確かです」

「単なる紙切れだよ」バーマンが言う。「きみは、マッケンジーがクラレンス・ルダル――まだ十六歳だったな――にダイヤモンドを渡し、クラレンスが故買屋に持っていったと決めてかかっている。だがルダル一家に前科はなく、訴えるネタもない。一家に聞き取りをしたが――三人とも一言一句違わず当時の様子を話したし、厳しく問いただしても一貫性があった。マッケンジーはクラレンスに賭けの記入用紙を渡しただけだ」

「警部を欺こうとしているんです。ダイヤモンドが包んであったかもしれません」

「だったら紙に折り目があるはずだ」

バーマンがいったん言葉を区切る。アーミテージが納得しかねているようなので、さらに続けた。

「わたしの推理をそこまで受け入れないなら、自分でやってみることだ。ミス・パルグレーヴのダイヤモンドを紙に包んで持ってみたらいい。そうすれば――」

アーミテージの頬が緩む。「あいにくですが警部、キティーはダイヤモンドを持っていません」

「なら買ってやるんだな、アーミテージ。そうして実験すればいい。授業料だと思えば安いものだ」

「ですが――」

「とにかくわたしを信じなさい。推理に関して間違いは犯さない。ルダル一家はシロで決まりだ。それに、マッケンジーがダイヤモンドを盗んだのも確かだ――アリバイが崩せないだけで。つまりルダル一家に対するきみの推理はひとまず置いておいて、マッケンジーのアリバイ崩しに注力するんだ。今夜はこのくらいにしておこう。明日やってもらいたい仕事が山ほどある。午前八時三〇分きっかりった。

「了解しました。それでは失礼します」

まだ納得していません、とアーミテージは言い添えたかったが、バーマンの表情を見て思いとどまった。

に来てくれ」

2

数分後に署を出たアーミテージは、チェンバーズ巡査部長に後ろから声をかけられた。アーミテージは同僚であるチェンバーズの人柄を認めていなかった。仕事はできるが実に粗野で、キティーのように見目麗しい若い女性を前にすると、上品とはいえない眼差しを投げかける男だ。

そんなチェンバーズから「やあ、アーミテージ。家に寝に帰るのか？」と訊かれても、アーミテージは唸り声を上げるだけだった。

唸り声の効果もなく、黙ったままふたり並んで百ヤードほど進んだ時、チェンバーズが言った。

「今夜やけに長いことボスの部屋にいたな。楽しい時を過ごしてたのか？」

「それほどでも」アーミテージが答える。「バーマンはひどい頑固者だから」

「頑固者？　でも、かわいがられたんだろう、お気に入りだから」

アーミテージは急に立ち止まった。「どういう意味だ？」

「いや、他意はないさ。見たままを言ったまでだ。髪の色を気に入られて、いい仕事は全部回してもらってる、なんて言わないでくれよ」

「いい仕事を全部？　単なる使い走りさ」

「そうかい？　そりゃ、使い走りだろうさ。巡査部長ってのは、そのためにいるんだから。でも、ボスが大きな事件を担当する時はいつもおまえが一緒だ、おれたちを差し置いて。バーマンは〝個人秘書〟って呼んでるぞ。ずいぶんといい待遇じゃないか？　巡査部長の中で次に警部補に昇進するのは誰だと思う？」

「おまえだろう、充分な器なら」アーミテージが言う。

「おれ？　いや、それはない。おれは媚びを売らないから、誰も知らない最低な事件ばかり担当させられる。新聞沙汰になるほど大きな事件なら、ボスが同行させるのはおまえだ。用もないのに部屋に呼んで、一、二時間〝個人秘書〟を務めさせることもある。何が起きているか言わないでくれ。知りたくもない」

「見下げた奴だな」アーミテージは言った。

「ばか言うな。その手のことには興味ない。真実から目を背けられないだけだ。そして、その結果にも。おまえはバーマンの〝お気に入り〟でかわいがられてるのさ」

「そんな出まかせを」アーミテージが大声で言う。

「否定しても無駄だよ」チェンバーズが言い返す。「見りゃわかるさ。でもひとこと言っておくけどな、アーミテージ、これくらいにしておけ。ボスと楽しむのは、ちょっとしたお遊びじゃ終わらないからな。おれの知ったことじゃないが、噂になっているぞ。ボスからいい事件の担当を頼まれても断ることだ。わかったか？　わからなくても――じきに――そうなる」

「へえ、おれが？」アーミテージは言った。「見当もつかないな。そもそも担当を断る理由もないけどな。バーマンがおまえじゃなく、おれを選ぶなら、こっちはどうすることもできない、そうだろう？」

「どうだろうと断るんだよ」チェンバーズが大声を出す。「さもないと、身辺に気をつけなきゃならなくなるぞ」

3

官舎の自室でひとりになったアーミテージは、胸の内を思い切り吐き出した。「くそったれ！」そして気持ちを切り替えた。というのも、もっと集中すべき事柄があったからだ。

パジャマと洗面用具と髭剃りをカバンに詰めると、フィアンセの女性捜査部巡査キティー・パルグレーヴと週に一、二度夕食をとる、行きつけのレストランへ出かけた。

「出張？」カバンを見てキティーが尋ねる。「ダイヤモンドの事件で新たな手がかりが見つかったの？」

ブライアンが応える。「イエスでありノーでもある。出かけはする——でも、そう遠くじゃない。ダイヤモンドに関わる件だけど——新たな手がかりとは言えない」

「そんなにもったいぶる必要ある？　何か重大発表でもあるの？」

「キティー、ふたつ同時に質問しないでくれよ」ブライアンが文句を言う。「バーマンが相手を混乱させたい時によくやる方法だ。きみはいま、そうしてる」

「あくまでも隠すのね」キティーが切り返す。「でなきゃ混乱するわけないもの。誰かと駆け落ちでもするの？」

「まさか！　ほら、署の男性用官舎のペンキの塗り替えがあって、ぼくの部屋の番だから、塗り替えがまだ先のチェンバーズ巡査部長の部屋に二、三日転がり込むんだ」

キティーが言う。「へえ。出かける理由はわかった。でもチェンバーズ刑事と同じ部屋で過ごすより、よそへ行くほうがましなのに」

「キティー！」

「いけなかったかしら？　共感してくれるかと思った。チェンバーズはしょっちゅう言い寄ってきて、うっかりそばにいると場所もわきまえずに触ってくるの。安心してね、チェンバーズなんて嫌いだから」

「安心してるよ。ぼくはこれっぽっちも――」

「わかったわ。チェンバーズの話はこのくらいにして、ダイヤモンドの話に戻りましょう」

「ダイヤモンド？」

「ダイヤモンドに関わる件で出かけるって言っていたわ。さすがに採掘をしにアフリカに行くとは思わないけど、何を思いついたの？　レディー・クリフォードのダイヤモンドの件？」

「ああ。捜査課ではマッケンジーが盗んで隠匿したと踏んでいる。バーマンは耳を貸してくれないが、ぼくはクラレンス・ルダルへ預けたと推理している」

キティーが言う。「その経緯は知ってる。その事件に関するバーマンの調書を今日タイプしたから」

「バーマンのルダル一家への聞き取りに同行しなかったんだ。警部によると、礼儀正しい一家で、彼らがマッケンジーを知っている確証はないそうだ。でも、接点がパブしかなくても怪しい気がする。

ルダル一家についてもっと知りたいんだ」

「バーマンはめったに間違えないわよ、ブライアン」

「今回は間違ってると請け合うよ。なのに警部はひどく頑固で、少しも譲歩しようとしてくれないんだ」

「そういう時には何を言っても無駄よ。それでいいじゃない。バーマン警部はいつもひどく遠回りするけど、最後には解決するんだから。警部のしたいようにさせておけばいいのよ」

「そんな仕事の仕方があるかな」ブライアンが反論する。「ボスはもうろくしてるんだよ、キティー。やり方が古いんだ」

「それに引き換え、こちらは若くていまどきだって言うの？」

「きみが独自に動いて、結果としてボスの捜査よりずっと早く解決したことがあっただろう。容疑者の住まいや仕事場に潜入して、尻尾をつかんだじゃないか。『警察だ』と名乗って聞き込みして、虚偽と真実を整理していく型通りの捜査より、よっぽど有効だ」

「醍醐味はあるわよね。とにかく、わたしはそっちだわ。でも誰にも当てはまるわけじゃないのよ、ブライアン」

「やってみる価値はあるさ」一瞬ためらってから、さりげなくブライアンは言った。「実は、ルダル家の窓に〝貸し間あり〟と貼ってあったんだ」

4

キティーが言う。「無理よ、ブライアン」

「官舎に常に居住しなくてはならない規則はないよ。特に自室が居住不可の場合には。言っておくけど、事前に許可を取ろうなんて夢にも思っていないよ。独自の案だとバーマンは激怒するだろうから。こっそりやるつもりさ、何か有益な事象が見つかった時だけ報告する。見つからなければ——その可能性が高いけど——バーマンは何も知らずに終わる。だから問題なんて起きようもなく——」

キティーが再び言う。「無理よ」

「ぼくはやる気満々さ。誰が止めるっていうんだい？」

「止める人などいないでしょうけど。無理だと言っているのは、あなたには無理だから。そういう柄じゃないもの」

「ばかなこと言うなよ。部屋を借りて、目を見開いて耳を澄ますだけじゃないか。誰にだってできる。きみだって何度かそうしてきただろう」

「わたしはそういう柄なの、あなたは違う。あなたはいい刑事よ、ブライアン。これから、もっといい刑事になる。でも常に正攻法の、いわば旧いやり方でね。柄にもないことをすると、後で痛い目に遭うわ」

「ひどいな！」ブライアンが叫ぶ。「とても簡単なことさ、わけないよ」

キティーがとうとうと言い含める。「警官であるのを隠して、第三者に成りすます必要があるのが問題なの。あなたには無理よ。だって、あなたはいつだって警官ブライアン・アーミテージなんだもの。畑違いの場所にいたら――そうね、たとえばサッカーの試合でプレーしていても、観客は言うはずよ、『センターフォワードのあの選手は警官だな』って。見た目で気づかれるわ」

ブライアンはウェイターを呼んだ。「参考までに訊きたいんだが、ぼくが何で生計を立てていると思う?」

「見当もつきません」

「そう言わずに考えてみてくれないか? 外見から判断して」

「そう言われましても。ええと――医学研修生ですか。それとも――いや、勘弁してください」

ブライアンがキティーに向き直る。「な?」勝ち誇ったように言う。「見るからにだって? ほかに言いたいことはあるかい?」

「大あり。結局同じこと。無理よ、ブライアン」

「やる気満々なんだって」ブライアンが反論する。

5

議論が続いてお互い時間を無駄にした。反対されてブライアンは意固地になった。それにキティーから――若い女性から――自分は警察業務の役に立てたが、あなたは無理だと言われて、少し傷ついていた。

結局このひとことで締めくくった。「いいから、見ててくれ」

キティーはこう言い返した。「わたしのほうが正しいと学ぶために二十四時間の猶予をあげる。無理だとわかったら、意地を張らないこと。前払い金が無駄になったとしても、事態が深刻になる前に手を引く勉強をした代金だと思うことね、ブライアン」

「軽々とやってのけるさ」

キティーに難色を示されるとは予想もしなかった。そもそも、ルダル一家の貸し間を借りるために、いつもより早くキティーとの食事を終えるつもりだった。結局、止められはしなかったものの、フィアンセに愚か者呼ばわりされながら、こちらの体面を保ちつつ何とか納得させた頃には、午後十時を回っていた。

未来の夫となる人物は決して賢くはないが善人だ、とわかっている女性が常に抱く感情を込めて、キティーは別れの挨拶をした。未来の妻となる人物に、自らの賢さをじきに示せる自信がある男性が常に抱く感情を込めて、ブライアンは別れの言葉を告げた。

その後ブライアン・アーミテージはフラムのリリー・ロードのはずれにあるコネティカット・ストリートに向かった。そこにルダル一家が住んでいる。

「こんばんは」アーミテージは、ドアを開けてくれた愛想のよい小柄な中年女性に言った。「貸し間があると出ていたものですから」

「ずいぶん遅くに。今晩だけのつもりじゃないですよね？」

「一週間借りるつもりです。来るのが夜分になってすみません」

「十五分もすれば家族全員、寝るところでしたよ。でも借り手がついてよかったわ、部屋へご案内しましょう。通り沿いになります。すてきな家具も付いていますよ」

得意げに部屋を見せながらミセス・ルダルは言った。「明るくて気持ちのいい部屋でしょう?」とんでもない。夫人が明るい色で部屋の陰鬱さを和らげようとしているのが、かえって裏目に出ていた。絵画や大小の装飾品で、下宿人の気分を明るくしたいらしい。肘掛椅子の背には明るい紫の背おおいが、ベッドには黄色いカバーが掛かっている。壁には絵画入りのカレンダーを四つ留めてある。ふっくらした子どもたちが犬猫をかわいがっている絵で、まだ我慢できる。額に入った絵はぞんざいな水彩画で、おそらくハンディキャップのある子どもが描いたのだろう。そして金具で取り付けられた数えきれないほどの皿――女性の下宿人の抜けた髪でも入れるのか――それらは、マーゲートやクラクトン、ラムズゲート、サウスエンドで入手した土産物のように魅力に乏しかった。

アーミテージは二度ほど息を呑んでから言った。「ああ、いいですね。実にいい」

ミセス・ルダルは嬉しそうだ。「そのように心がけているんです」夫人は言った。「喜んでくれる方もいれば、そうでない方もいます。ご承知のように昼と夜の食事は付きません。朝食付きの貸し間なので、夕食は外へ食べに行ってもらいますが、つまり、万事心地いいんですよ。暖炉の横に置いてある椅子も、とても寛げるんです。それに気持ちが明るくなるように、目を楽しませる装飾を壁に取り付けました」

「なるほど」アーミテージは言った。

一週間分の下宿代を前払いして契約が済むと、ミセス・ルダルは言った。「それではまた明日、ミスター・アーミテージ。ぐっすり眠れるはずですよ、ベッドがとても気持ちいいんです」

6

寒い冬の夜だ。北東の風が吹きつける。アーミテージはオーバーコートを脱いだとたん、室内のひどい寒さに気づいた。こんな辛い条件で一週間も暮らさなければならないのか。せめて暖が取れればと思い、ガスメーターに一シリング硬貨を入れた（ロンドンでは一八九〇年代にコイン投入式ガスメーターが導入された）。ルダル一家がベッドに入る音が聞こえる。今夜は一家の調査のためになす術はなさそうだ。明朝もほとんど会えないだろう、というのもバーマンとの打ち合わせが入っていて、朝早く出かけなければならないからだ。つまり、実際に潜入調査を始めるのは明日の夜からになる、極力早く帰宅しよう。食事をどうするかは二の次だ。

ミセス・ルダルが部屋の魅力と言及した、こぢんまりした肘掛椅子に座ったが、ガスの出が少ないのか暖炉の火は弱く――そして椅子は部屋の中央にあって暖炉から遠すぎて、寛ぐのはおろか手を温めるのもままならない。そこで椅子を動かし――カーペットの大きなシミを隠すために椅子が置かれていたとわかった。改めて腰かけると、スプリングが壊れていて尻が沈んでいった。

部屋の中で座っていても一向に心地よくならなかったが、もちろんそれはささいなことで、目的はあくまでもルダル一家とできる限り接することだった。一家に気に入られて居間に誘われるために、愛想よくする必要があるだろう。

ベッドに入ってすぐに気づいたのだが、ミセス・ルダルが〝とても気持ちいい〟と言っていたのは、この部屋で寝ることなどめったになく、どんな感じか知り得ないからだ。気持ちいいどころか、どんな体勢をとれば心地よくなるのか考えるのに、けっこうな時間を要した。マットレスの中央に細長いくぼみがあり、その両端は隆起しているのだが、体を収めるにはくぼみは細すぎて、二つの隆起に載るように横たわるか、片方の隆起の傾斜に沿って狭い角度に体を折り曲げて寝るしかなかった。その二案では、載るほうがましだった。何故ならマットレスの中央のくぼみに二つ硬い塊があるからだ。

　アーミテージは落ち着かないながらもようやく眠りにつき、朝は眠気に勝てず寝過ごした。慌てて髭を剃り服を着ると、朝食抜きで下宿を飛び出し、バーマンとの打ち合わせに急いだ。

7

　アーミテージが職務を終えて下宿に戻ったのは午後六時半だった。出迎えてくれたミセス・ルダルは咎(とが)めるように言った。「まあ、帰ってきてくれて嬉しいわ、ミスター・アーミテージ。今朝、挨拶もなく食事もとらないで飛び出していったものだから、何か気に入らなかったんじゃないかと心配したのよ」

「いや、そんな、とんでもない。寝坊したので急いで出かけたまでです」

「それならよかったわ。朝、起こしましょうか？　気持ちのいいベッドだし、あなたのような若い人は眠りが深いものね。さあ、二階に上がる前に夫に会ってちょうだい」

　夫人が居間のドアを開けて言った。「新しい下宿人さんよ、おとうさん。それでこちらが」声に誇らしさが加わる。「クラレンス」

　父子はテーブルでお茶と夕食(ハイティー)を兼ねた食事をとっていた。座ったままでミスター・ルダルは「やあ、どうも」と言うと、大きなフィッシュフライを頬張った。大柄で精力的な印象だ。一方、息子のクラレンスはひ弱そうな十六歳の若者で、見るからに〝抜け目ない〟人物だが――あくまでアーミテージの判断だ――マッケンジーと関係があると思えば、それもうなずける。

アーミテージは父子に愛想よく「こんにちは」と言った。フィッシュ・アンド・チップスを手づかみで食べているクラレンスが、油のついた人差し指で頭の横を掻きながら言った。「どうも。今朝、飛び出していったのはおかしかったな。こっちはスプーンを数え直しましたよ」

ミセス・ルダルがたしなめる。「クラレンスったら！　ミスター・アーミテージは寝坊したのよ」だが叱るつもりは毛頭ないばかりか、息子の機知に満足げな笑みを浮かべている。

クラレンスが続ける。「よかったら座って、ぼくたちが食べるのを見ていてください。あなたの分はないですよ、下宿人の分はないんです。かあさんに追加料金を払えば別ですけど」

下宿人へのサービスについて言及されてミセス・ルダルは言った。「あら、料金といっても、いくらにしたらいいかわからないのでね。でも今夜は初顔合わせですから、お茶でもいかが？」

「えっ、いいんですか」アーミテージは言った。「ご親切にどうも。すぐ食事をしに出かけるつもりですから」

それから数分、一家はフィッシュ・アンド・チップスを黙々と食し、アーミテージは、以前学んだはずだったが、どう会話を始めたらいいものか思案しながらお茶を飲んだ。

すると突然ミスター・ルダルが言った。「ここでは何をしてるんだ？」

やや面食らいながらアーミテージは応えた。「あなたと会うようミセス・ルダルに言われました」

「なるほど、そりゃそうだ。でもここに来たのは何でだ？　この近くで働いているのか？」

アーミテージは〝シティ（英国の金融・商業の中心地区）でちょっと〟と説明するつもりでいた。だが実際に訊かれてみると、フラムに部屋を借りるのは不自然で、サッカーをしていても云々、というキティーの言葉に胸が疼いていたのもあり、つい口をついて出たのが「サッカー場で働いています」だった。

ミスター・ルダルが唸る。「その種の仕事は限られるな。イメージが湧かない。少なくとも——チームに所属しているわけじゃあるまい？」

しまった。クラレンスが——ひょっとするとミスター・ルダルも——サッカー・ファンだったら、地元チームの選手を全員知っているはずだ。そこでアーミテージは言った。「はあ、さすがにそこまで運に恵まれてはいません。ぼくは——その、グラウンド整備を担当しています」

「やめたらどうかね、そんなのは」ミスター・ルダルが言う。「きみみたいな男なら、もっとましな仕事があるはずだ」

「そう言ってもらえると嬉しいですね。何か紹介してくださるんですか？」

「もっときみの性格を知ってからだ。仕事の口はあるが、素性の知れない人物を信用しない連中なんでね」

「実に興味深いですね。責任の重い仕事は好きです。どんなお仕事なんです、ミスター・ルダル？」

「借金の取り立てだ。返済しない客のところに行って回収してくる。耳を揃えて返さなきゃどうなるか、たっぷり説明するんだ」

「はあ、それならできそうです」アーミテージは言った。

「考えが甘い。きみは軟弱すぎる。客が怖がらないだろうよ」

「食事中だから遠慮しているんです。本気を出せば相手は縮み上がります」

「よし」ミスター・ルダルが言う。「見せてもらおうじゃないか。いったん廊下に出て、また入ってこい。わたしにこう言うんだ。『ブラウン・アンド・ジェンキンズに五十ポンド八シリング二ペンスの借りがあるな、六か月も未払いだ』と。さあ、取り立ててみろ」

アーミテージは立ち上がりドア口に向かった。どうしたものか皆目見当がつかないが、話に乗ればミスター・ルダルと親しくなるきっかけがつかめるかもしれない……。

アーミテージはドア口に立って言った。「あの――」

ミスター・ルダルが言う。「何？　何の用だ？」

「わたしは――その、ブラウン・アンド・ジェンキンズから参りました。貸したお金を――その、よろしければ――」

「もういい」ミスター・ルダルが叫ぶ。「全然なっとらん。ほら、手本を見せるから、ここに座って。きみは五十ポンドの借金があるんだぞ？　よし」

ミスター・ルダルはドア口まで行って戻ってくると、険しい口調で言った。「あんたがアーミテージだな？　おれが来る理由はわかってるか？　五十ポンドだ、去年の四月にブラウン・アンド・ジェンキンズから借りただろう。どうするつもりなんだ？」

アーミテージが応える。「あいにくいまは無理なんです。もう少し待って――」

「言い訳は聞き飽きた。血の気の多い奴らに来てほしくないなら、誠意を見せることだ」

アーミテージはわれながら間抜けだと思いながらも、こう言うしかなかった。「そんなに攻め立てないでください。妻も子もいるんです。幼い子どもたちを路頭に迷わせるんですか」

ミスター・ルダルが唸る。「きみは取り立てられる側のほうが巧いな。実に様になってる、そうだろ、かあさん？　ミスター・アーミテージに借金取りが務まると思うかい？」

「あなたの足元にも及びませんよ、おとうさん。でも手取り足取り教えてあげれば――」

「じゃあ、よかったら、また後日やってみよう」ミスター・ルダルは驚くほど上機嫌だ。「本気を出したら、いい線いくかもしれない。わたしはパブで一杯ひっかけてくるよ。一緒に来るだろう、かあさん？」

「コートを取ってくるわ。先に行ってて、おとうさん。クラレンスと追いかけるから」

夫が出かけると、ミセス・ルダルはアーミテージの方を向いた。「お出かけになりますか？　わたしたちは閉店時間まで楽しんできます。あなたも、その頃まで帰ってこないでしょう？」

「たぶん皆さんと〈牡鹿とヤマアラシ〉でご一緒すると思います」

夫人はやや疑わしげに言った。「ええ、その店に行くつもりですけど」そして二階へ行ったので、アーミテージは部屋でクラレンスとふたりきりになった。

しばらくしてクラレンスが言った。「かあさんは下宿人がいるのが好きなんだ。どうしてかわからないけど。厄介事になるだけなのに」

アーミテージはオウム返しに言った。「厄介事？」下宿人に秘密が知られるという意味かと思い、この少年から有益な情報を聞き出せそうな気がしてくる。

耳を澄ませていたクラレンスは、二階を歩くミセス・ルダルの足音が聞こえると、安心したように話を続けた。「結構、厄介事があるんだ。あなたの部屋のカーペットにシミがあったでしょう？　かあさんが椅子で隠してる、あのシミ。最近までいた下宿人がつけたんだ」

「へえ？　何かこぼしたとか？」アーミテージは落胆した。もっとましな情報を期待していたのに。

クラレンスは「『こぼした』っていうのとは違うな」と言い、含みを持たせるように笑った。「あの部屋で、その下宿人が喉を掻き切ったんだよ」

第二章　大家夫妻

1

アーミテージはノース・エンド・ロードにあるレストラン〈笑うオオハシ〉(ザ・ラフィング・トゥーカン)のテーブルにつき、ソーセージのマッシュポテト添えを食べながらクラレンス・ルダルから聞いた話について考えていた。ソーセージはお世辞にもうまいとは言えなかったが、どうでもよかった。それに気づかないほど考えごとに夢中だった。実際、食べもせずにソーセージにフォークを刺して宙に浮かせたままでいた。

考えにふけっていたアーミテージだったが、テーブルの向かい側に座っている男性から話しかけられているのに気づいた。

「実に興味深いですね」男性がにっこり笑う。「腹が減ったからここに来たのでしょうから、食べてよさそうなものなのに。あなたは口をポカンと開けたまま、食べようとしない。何故です？　ひらめきを待っている詩人ですか、それとも自ら命を絶つメリットとデメリットについて考え中とか？」

その言葉にアーミテージは現実に引き戻された。

「どちらでもありませんよ」アーミテージは応えた。「でも、そう言われるとそんなような。もし世間におさらばしたかったら、どうなさいます？」

「ああ、その手の話でしたら、前金をいただいてから助言しますよ。何故かというと、わたしの助言は実に有益ですから。結果として話すだけ損してしまう。実践する人ほど支払いを渋りますね、証明できないじゃないか、と難癖をつけて」

「自分の話ではないんです。自殺するつもりなどさらさらありませんので、ご心配なく。とある話を聞きまして——つまり、そういう人がいたと断言されましてね、つい最近、喉を切ったと。それでどうにも——」

「古典的な方法は剣に倒れ込むというものでしたね。ですが、日常的に装備するには剣は時代遅れですからカミソリが一般的でしょうか。下から上へ動かすんです、胸から喉まで」

「なるほど」アーミテージは実利的思考の持ち主で、自殺の方法の歴史などまったく興味がなかった。

「わたしが言っているのは、安全カミソリで喉を切るのは簡単ではないだろう、ということです」

「おっしゃる通り」男性が言う。「昨今たいていの人が使っている電気カミソリだと、さらに難しいですから、自殺方法という観点からすると、革命的変化をもたらしたと言えるでしょう。さらに現代科学は催眠剤（バルビツール）を、工学技術は高層建築を創出しました。それに加えて、河川がある」

「そういうのも多少、頭に浮かびました」アーミテージは言った。「聞いた話では、その人物は貸し間を借りて、一週間分の代金を前払いし、自ら喉を切ったそうです。カーペットにひどいシミが残っています。どうもわたしには——」

　男性が口を挟む。「ああ、今度は倫理的な質問に移りましたね。少なくとも賠償に関わる点に。倫理面からすれば、カーペットを汚すと始めからわかっていたら、家主に前払いした代金で相殺される、と思っていたのかもしれません。その一方、そんなことなど一切考えていなかったのなら、前払い金を返してもらえないだろうと気づいて、むしろカーペットを汚して帳消しにしたかった可能性もあります」

「はあ。な――なるほど」アーミテージは訝しげに言った。「でも、わたしが気にしているのはそこではないんです。血痕が部屋の中央にあるとなると、その人物は刃物で実行に移す間、支えのないまま、そこに立っていなければなりません。実に不自然な体勢です。何故、椅子に座るか、ベッドに横たわらなかったのでしょう？　椅子はスプリングが壊れているし、ベッドも凸凹していますが、どちらも突っ立ったままよりは、ましでしょう。その人が座りもせず身を横たえもしなかったのは、仮に椅子に腰かけていたら、血が衣服を伝ってカーペットに、というより椅子に流れたでしょうし、ベッドに横たわっていたら――」

「ああ、確かに。実に読みが深いですね。いつも綿密に考えるほうですか？　そういうお仕事で？」

「ええと――まあ、そんなところです」アーミテージは認めた。「わたしの言いたいことがわかってもらえたようですね？　その人物の死が自殺の可能性大とみなされたのが腑に落ちないんです。バーマンも同意見のはずです」

「バーマン？　何者です？」

「ああ、上司ですよ。これまでの説明を聞いたら、あなたは自殺と結論づけますか？」

「その場限りの決断なんてどうでもいいでしょう。でもあなたのおっしゃる意味はわかります。ところで、わたしの自殺方法に関するこれまでの話では、縊死は省いていますよ。常に主流ですからね、特に屋内ではそうです。その部屋には――高い所におあつらえ向きにフックはついていますか？」

「ドアの内側にひとつ」

「それは実に興味をそそられますね。じゃあ、あなたの推理に補足しましょう。それが自殺なら、その便利なフックを見過ごした理由は？　いやあ、実に手強い事件を解明しようとしているんですね、ミスター――ああ、自己紹介がまだでしたね？　フィリップ・ヤングと言います」

「アーミテージです」

「では、ミスター・アーミテージ、これは手強い、自殺とは言いがたい事件ですね。でもほかの選択肢は？　あなたはおそらく死と血痕の原因を解明しなければなりません」

「むしろ他殺に思えてきました」

「他殺？　ああ、いい考えではありませんね。自殺は少なくとも自発的行為です。それに引き換え、他殺は完全に受動的です。ですが考慮すべきだとは思います。いったい誰の仕業か――？　大家は先々の賃料とカーペットを失った。当然ながら別の推理も可能です。あなたとしては――」

「推理も何も、まず熟慮しないと」アーミテージは言った。

「確かに。なるべくなら食事の時分を避けることですね。ソーセージにマスタードを少しつけてご覧なさい、いくらかましです。さてと、わたしはお先に失礼します、ミスター・アーミテージ。まあ、またお会いできるでしょう。わたしはたいてい、ここで夕食をとっています。場所がちょうどいいですし、ソーセージ以外は案外いけます。またお会いできるといいですね、あなたがどう推理なさるか楽しみです」

2

ひとり残ったアーミテージは、それ以上ソーセージを食べるには及ばないと判断した。糖蜜タルトを頼んだら、まずまずだったので、ヤングの言葉は信用できるのかもしれない。大事なのはソーセージを避けること。それに話し相手がいるのは楽しい。ヤングは、多少話が冗長だが、まずまずの人物だ。

勘定を済ませ〈牡鹿とヤマアラシ〉へ向かった。店に入ると夜の混む時間で中はにぎわっていたが、店中に響き渡るほどの大声で話しているミスター・ルダルの居場所はすぐにわかった。

ミセス・ルダルとクラレンスはテーブル席でラガービールを飲んでいる。ミスター・ルダルが大ジョッキで三、四杯飲んでいる間、妻子は感心にも一杯のグラスビールで持たせているようだ。アーミテージはテーブルに近づいて話しかけた。「やあどうも。お会いできてよかった。さあ、グラスを空けて。わたしにおごらせてください——部屋をお借りした印に」

ミセス・ルダルはやけに気が進まなさそうな面持ちだ。下宿人想いの大家の片鱗はなく、家族を紹介してくれた時ともだいぶ様子が違っていた。声音にもそれが表れていた。「まあそんな、結構です」

クラレンスが口を開く。「いや、ごちそうになろうよ、かあさん。せっかくおごってくれるって言うんだから、たとえ——」

母親がすかさず割り込む。「いいえ、クラレンス。いまは気が進まないわ。おとうさんだって認めないはずよ」

クラレンスが口をとがらす。「訳わかんないよ。おごってもらうくらい、何でもないさ」

ミセス・ルダルが断固として言う。「だめよ、クラレンス」

どうも出鼻をくじかれた感があったが、刑事たるアーミテージは拒絶など何のその。自分用に小ジョッキのビールを買ってテーブルに戻り、こう言った。「ここには知り合いが来ていないようです。ひとりで飲むのはどうも苦手で。ご一緒してよろしいですか？　今日はひどい一日だったので――」

ミセス・ルダルが言う。「サッカー場で？」

「そうです。観客の捨てていったゴミが山ほどあって。でも、そのおかげで働けるのでありがたい話です。ご主人がもっとよい仕事を紹介してくださるでしょうか、ミセス・ルダル？」

「それは直接、訊いてくださいな。じきに席に戻ってきますから。主人が言ってたんですよ、帰る頃合いは――」

夫人は最後まで言わなかった。それから三人でミスター・ルダルの戻るのをただただ待っていたが、問題はなかろう。親切にはしてくれるのだから、ミセス・ルダルがよそよそしく思えるのは気のせいだろう。どうも疑り深くなっている。

その時ミスター・ルダルが席に戻ってきた。「飲み終わったか？　じゃあ帰ろう。きみも一緒に帰るか」

誘いというより命令だ。アーミテージは言った。「一杯おごらせてもくれないんですか？」

「ああ。さあ、ぼやぼやするな。きみに話がある」

「働き口ですか？　いいお話が？」

「後で話す」

ミスター・ルダルが人混みを肘で押し分けてパブを出ると、妻子とアーミテージが続いた。通りに出ると、ミスター・ルダルが唐突に言った。「きみには、〈牡鹿とヤマアラシ〉へ行くとも、どのパブに行くとも言わなかった。妻だって話さなかった。なのにきみはここで落ち合おう、と言った。『皆さんと〈牡鹿とヤマアラシ〉でご一緒すると思います』——そう言っていた、はっきりと。わたしたちがここへ来ると、何で知ったんだ、えっ？」

アーミテージは笑い声を上げた。屈託ない笑いに聞こえるよう願った。

「ほかにどこへ行くというんです？」アーミテージは尋ねた。「〈牡鹿とヤマアラシ〉はこの辺りでは一番の店で、きちんとした方々が来ます。だからあなた方がいると思いました。ご家族を連れて、フラムの下層階級のたむろするパブにわざわざ行くとは思えなかったんですよ、ミスター・ルダル。いつだって、この界隈で一番のパブに行くだろう、とね。それに」アーミテージは思いついて付け加えた。「そんな下等なパブに行ったら、明日取り立て予定の相手と出くわしかねなくて、気まずいでしょう。だから、〈牡鹿とヤマアラシ〉に行くはずだと思ったんです」

「ほう」ミスター・ルダルが言った。「その可能性はある」

一行はコネティカット・ストリートに向かって歩きだし、先ほどの緊張も和らいだように思えた。だがリリー・ロードを横切った時、ミスター・ルダルが言った。「今日は仕事だったんだよな？」

「こき使われましたよ。観客がゴミを山ほど——」

「フラム・フットボール・クラブのグラウンドだったな？」

「そうです。うんざりですよ。もっとましな仕事が見つかったら、明日にでも辞めるつもりです」

「へえ」ミスター・ルダルが言う。謎めいているだけでなく、不気味な言い方だ。黙って歩いていたが、しばらくして口を開いた。「今日はグラウンドでゴミ拾いなどしなかったはずだ、ゴミなどなかったんだから。きみが口から出まかせを言うのは勝手だが、今夜あのパブでサッカーに詳しい連中と話したんだ。ここ一週間、試合は中止になっているそうだ、グラウンドの霜のせいで」

言い訳を思いつく時間稼ぎに、アーミテージはオウム返しに言った。「霜のせいで？」

「そうだ。試合なし、観客なし、つまりゴミもなしだ。どう説明するつもりだ？」

アーミテージは窮地に陥りつつも、切り返した。「そう、そうなんです。今週は試合がありませんでした。誰でも知っています。今日わたしがゴミ拾いをしたと思っているのなら大間違いですよ」

「きみがそう言ったんじゃないか？」

「そんなつもりはなかったんですが。通常はゴミ拾いがメインの仕事なので、そう話したまでです。ミスター・ルダル、あなただって取り立てについて話す時は、それが普段の仕事なんだから、たまたま空振りに終わった日があっても、集金に行った、と言うでしょう」

「ほお、そういうことなのか？　じゃあ、今日は何をしていたんだ？」

サッカー場の話はもうこれくらいにしたほうがよさそうだ。だが、そうなると、ますますややこしくなるか？　やってもいないことをどうして言う羽目になったんだ？　それに、この区域に別の勤務先候補などあるだろうか——話をでっち上げられる場所が？

そこでアーミテージは言った。「別の仕事を。サッカー場では常にやることがあるんです。従業員を引き留めるために会社は給料を払っているので、霜が降りると別の仕事を見つけるんですよ」

「どんな仕事だ、えっ？」

これは困った。アーミテージは頭をひねった。霜の下りたサッカー場で誰にでもできる仕事はあるのか?

アーミテージは言った。「修理に整理・整頓、そんなところです。地味な仕事ですよ。それに仕事に集中してきたと思うと、主任が」――主任でよかったかな――「その、上の人間が、その仕事を止めさせて別の仕事をさせるんです」

ミスター・ルダルが言う。「やけに漠然としているな? 今日何をしたか、と聞いたんだ」

ゴールポストのペンキ塗り? だがルダルはそういう話に詳しいかもしれない。ネットの修理? おそらく技術職だ。軽食スペースの品の整理? いいかもしれない、だが野外テントか建物内か――それに商店に関してはルダルのほうがよく知っているのでは?

これは反撃したほうがよさそうだ。

アーミテージは言った。「そんなに全部知りたいんですか? サッカー場で働きたいとか?」

プロの取り立て屋相手にそんな言い逃れはできない、とアーミテージは知っておくべきだった。ミスター・ルダルはこう言うにとどめた。「オフシーズンのさなかの今日、何をしていたのか。それがわたしの知りたいことだ、ミスター・アーミテージ。というのも、きみには少し妙なところがあるのでね。あんな夜更けにやってきたかと思えば、伝えなかったのに、われわれの行きつけのパブを知っているし、オフシーズンのサッカー場で働いているというんだから。妙だろう。とにかくわたしは妙なのは好かんのだ」

「その言葉をそっくりお返ししますよ」アーミテージが言い返す。「わたしだってやけに詮索されて〝妙〟だと思っています。一週間部屋をお借りするだけなのに。いったいどうしてです? 相応の賃料を払っているはずですよ?」

「いきり立つ必要はない。それにきみのためにならんぞ。何も立ち入ったことを尋ねているわけじゃない。まともな流れだろう？　きみがサッカー場の話を始めたから——」

反撃が多少なりともうまくいったので、アーミテージは気を取り直した。ルダルの勢いを削いだ手ごたえから、出まかせに拍車がかかる。

アーミテージは言った。「確かに。サッカー場に勤務していると言いました。信じていただけないのが不思議ですが、何もごまかしていませんよ。サッカー場でいつもはゴミ収集をしていますが、いまのようにオフシーズンの時は、違う仕事をさせられます。実際、今日などはトイレ掃除の担当でした。汚れ仕事ですよ、詰まっていたところもありました。胸を張って引き受けたとは言いませんし、奥様の前でこんな話をするのはご容赦ください、ミスター・ルダル。作業後によく手を洗いましたから、いまはきれいです。でも、あんな質問攻めにされると、そんな仕事をしている人間にあの美しい部屋を貸したくない、と奥様が言いはしないか、気が気ではありませんでした」

アーミテージはいったん言葉を区切った。われながら口が達者で驚いた。

ミスター・ルダルが言う。「ああ」しばらくしてから、再び言った。「ああ」それから——いかにも不本意そうに——言った。「そのへんでいいだろう。きみもこれ以上質問はあるまい？」

家に着くまで誰も口を開かなかった。

3

ミスター・ルダルとつき合うより、部屋の絵画のほうがなごむし危険性も少ない、と思いながらアーミテージは階段に向かった。だが、まだ狭い玄関ホールにいる時、ミセス・ルダルがこう言うのが聞こえた。「あら、帰ってたの、キャロライン？」

それに応える声がした。「三十分ほど前にね、かあさん」若い女性の陽気な声だ。アーミテージは、ルダル一家にもうひとりいるとは思っていなかった――確かバーマンはルダル夫妻とクラレンスの話しかしていなかった――でも、娘もいるなら、任務をきちんと遂行するためにも会っておくべきだ。それに興味が湧いていたし……少し惹かれてもいた。

アーミテージが居間に行くと、ミセス・ルダルが言った。「新しい下宿人さんよ、キャロライン。こちらは娘ですの、ミスター・アーミテージ」

キャロラインはクラレンスより三、四歳上に見え――たぶん十九歳くらい……美人で、特にスタイルはまさに若い男性の理想そのものだ。アーミテージは息を呑んだ。キャロラインは実に魅力的だ。まあ、見た限りは。父親や弟に似ていたら、上品なはずがない。だが、ただ若い女性を眺める分には、そんなことはどうでもいい。

アーミテージは話しかけた。「こんばんは」

「お会いできて嬉しいわ」その言い方は本心からのように思えた。

そしてキャロラインは笑って言った。「かあさんのアートの好みが気に入らなかったら、あのひどい絵の数々を覆い隠すのを、そのうち手伝ってあげる」

ミセス・ルダルが割って入る。「いい絵じゃないの、キャロライン。それにミスター・アーミテージはあの部屋を気に入っているの、そう言ってくれたわ」

「あの部屋で寝ろと言われたら気が変になる。わたしの部屋はずいぶんましだもの」キャロラインがアーミテージに微笑みかける。「見たら、部屋を取り換えたくなるはずよ」

「そんなことしませんよ」アーミテージだってルダル家の娘の言葉を真に受けはしない。部屋を取り換えたくも、娘の寝室を見たくもない。「いまのままで満足です」

「でも」ミセス・ルダルが口を挟む。「もう朝食抜きはだめですよ、ミスター・アーミテージ。お茶とマーガリンを塗ったパンと玉子です。玉子はガスコンロで茹でてくださいね」

「それは実にいい」アーミテージは言い、こう付け加えた。「ガスコンロには気づきませんでした」

「洋服ダンスの中にあります。出して、暖炉の横の差し込み口にセットすればいいようになっています。便利ですよ、昼間お茶を淹れたい時に。もっとも一日中出ていたら、その必要もないでしょうけど。でも日曜日はね、それともお仕事かしら?」

　アーミテージはもう少しで「いいえ」というところだった。サッカー場勤務なら日曜日には行かないからだが、今度の日曜日に確実にバーマンとの勤務があるのを思い出し、日曜日に不在にする理由を説明する必要が生じた。アーミテージがためらっていると、ミスター・ルダルが言った。「答えられないのか、え？　自分の勤務先のことを何も知らないんだから、さぞ答えづらいだろうな？」

　驚くことに、ミセス・ルダルが割って入ってきた。「そのくらいにしたらどうです、おとうさん。そんなに根掘り葉掘り訊くものではないわ。あれだけ答えてくれたのに、何をまだ知りたいの？　もう勘弁してあげたら」

「正直なところ、そうしてもらえると助かります、ミスター・ルダル」アーミテージは言った。「何を疑っておられるのかわかりませんが、奥様の言う通り、質問にはすべてお答えしました。それでも部屋を貸したくないとお思いなら――」

「部屋を貸したくないか、だって？　それは――ここに来た理由による。わたしが何を疑っているのか、と言ったな、教えてやろう。わたしは率直な男なんだ、ミスター・アーミテージ。話も率直なのが好きだ。きみのサッカー場の話はうさんくさい――実にうさんくさい。確かにかみさんが言うようにきみは答えはしたが、わたしは信じてない。それにサッカー場勤務でないのなら、どこで働いている誰なんだ？　よし、はっきり言おう。きみは警官か？」

4

アーミテージは思わずあえいだが、気を取り直して言った。「警官？　何をいきなり！　警官だとしても、ここへ来なきゃならない理由は？」

「偵察だろう、それこそ。何か見つけようと」

「でも――見つけるような何かがあるんですか？」

「もちろん、そんなものはない。だが前に警察官が来て散々質問された――息子のクラレンスのアリバイを確かめようとしたんだ。以前、知り合いの男が〈牡鹿とヤマアラシ〉で息子に賭けの用紙を渡したからだ。もちろん他意はなかったが、警察から来た男が――お偉いさんだった――質問していった」

アーミテージは言った。「なるほど。それがぼくと関係があるとおっしゃるんですか？」

「大ありだ。その警官はわれわれが〈牡鹿とヤマアラシ〉へ行くのを知っていた。きみと同じようにね。その警官がきみをここに送り込んだのなら、真相を確かめたいはずだ、そうだろう？　それできみは嘘の身の上話をでっち上げた——サッカー場に関するくだらない話もそのせいだ。あの警官から送り込まれたなら——」

アーミテージが言う。「それはご心配なく。警官から送り込まれたわけじゃありません」

「それはきみの言い分だろう」

ミセス・ルダルが割って入る。「おとうさん、いい加減になさい。ミスター・アーミテージはさっきから——」

「答えになっとらんのだよ。率直に尋ねているのだから率直に答えてもらいたい。言い逃れして、尋ねてもいないことに応えるのではなくて。性に合わん。警官なのか、とわたしは尋ねた。それに対する答えは？　何もない。送り込まれたのではない、と言っただけだ。おそらくそうだ、自発的に来たんだろう。でも警官でないなら、何故はっきり言えないんだ？」

アーミテージは言った。「もちろん言えますとも。でも質問があまりにもばかばかしくて」あたかも交通整理の警官のようなポーズを取る。「さあ、こちらをお通りください、そちらをお通りください」そしてウィンクしてキャロラインに話しかける。「警官ってこうやるんでしょう？」

「交通整理の警官はそんな言い方しないわ」キャロラインが応える。「警察のことなんてよく知らなそうよ、とうさん」

ミスター・ルダルが唸る。ミセス・ルダルが口を開いた。「ミスター・アーミテージ、明日、早起きするんでしたら——」

アーミテージは夫人の計らいに感謝した。階段を上がると、夫人がついてきていた。「朝、玉子を持っていきますね」ミセス・ルダルはそう言ってから、低い声で続けた。「夫を気にする必要はないわ。ときどきあんなふうになるの。借金の支払いを渋る客から散々嘘をつかれたせいなのよ。すっかり疑り深くなってしまった。そのうち落ち着くわ」

アーミテージが寝室のドアを開けた時、夫人は言った。「どうぞ寛いでください。欲しい物があったら言ってくださいね?」そして、こう続けた。「正直に言うと、わたしも最初少し疑っていたの。あなたがわたしたちの行くパブを知っていたから。でもあなたの答えを聞いたんだから、夫も納得すべきだわ、わたしのようにね。夫のことは気にしないで。じきに落ち着いて、何事もなかったようになりますから」

第三章　横断注意

1

翌朝、アーミテージはドアをノックする音とミセス・ルダルの声で目を覚ました。「七時ですよ、ミスター・アーミテージ」

アーミテージは寝ぼけつつも、二日目の夜はベッドの寝心地の悪さがほとんど気にならなかったことにかなり驚いていた。すばらしく順応性が高い。この調子なら、一、二日でミスター・ルダルに親しみを抱けるかもしれない……そして向こうもこちらを気に入ってくれるだろう！　とにかく、いま味方になってくれているミセス・ルダルが充分に波風を鎮めてくれたら、夜には、最初の十五分で人間関係が穏やかになる可能性はある。

ベッドから出たアーミテージは、バスルームを探そうとしてナイトガウンを羽織った。はだしのまま歩きだす、というのも、寝室用スリッパを忘れたからだ。部屋を一歩出たとたん、ぬるぬるした何かを踏みつけて壊した感触があった。

まだ廊下に日の光が入らない暗い時間だったので、ひざまずいて踏みつけたものを確かめる。マーガリンのついたパンだった――幸い、お茶と玉子は無事だ。皿はふたつに割れていた。勤務から戻って割れていない皿と差し替えるまで、どこに隠しておけるか思案する――夫人の反感を買うような真似はできない、頼りにしている存在なのだから。

開いているドアを覗くとバスルームだった。バスタブはところどころホーローが剝げて鉄が見えている。ひどく汚れていて、少なくとも汚れの輪が四つはできていた。それに湯は生ぬるかった。アーミテージはそもそも入浴しようと思わなかったことにした。

バスルームを出るとキャロラインがいた。廊下の灯りを点けてくれていたので、ネグリジェ姿だとはっきりわかる。ナイトガウンは着ていない――ウエストを絞ったデザインがスタイルのよさを際立たせていた。

その効果の絶大さゆえに、フィアンセのキティーが着ても美しさは勝るとも劣らないはずだ、とアーミテージは取ってつけたように自分に言い聞かせた。

とはいえ、目を逸らすことはできなかった。

キャロラインはまったく戸惑いを見せない。「気に入った?」と大きな声で言い、これ見よがしに片方のつま先を軸にしてくるりと回った。この家の娘は自分の魅力に充分気づいているらしい。

2

寝室に戻ったアーミテージはガスコンロをセットして茹で玉子を作り、マーガリンが塗られたパンの汚れてない部分と一緒に食べた。食事の間、アーミテージは若い女性に思いを馳せた。もっぱら婚約者のキティーについてであるのは言うまでもない。

　午前八時には出勤の準備が整った。一階へ下りると、玄関ホールにキャロラインがいた。外出用のいでたちで、アーミテージを待っているように見える。

　驚いたことに、いまのキャロラインには動揺が見てとれる。頬を染めてアーミテージの視線を避けている。キャロラインに慎み深さのかけらでもあるのなら、先ほどの態度を後悔しているのだろう、とアーミテージは思った。

　だが見当違いだとすぐにわかった。「やあ。お出かけですか?」とアーミテージが声をかけると、キャロラインは言った。「ええ。ちょうどあなたが行くサッカー場の方へ。だからご一緒しません?」

　そう来たか！　アーミテージに対する疑念を払拭（ふっしょく）していないこの家の主（あるじ）は、裏を取るために娘を送り込み――娘はそれが気に入らないのだろう。アーミテージがサッカー場に勤務していようといまいと、娘にはどうでもいいのだ。おそらく娘はアーミテージが下宿してくれるほうがよくて、父親に追い出してもらいたくない、と思っている。ということは、アーミテージが下宿していたら、一緒に楽しいことができる、という思惑があるのだろう。たぶん――。

　だが、いまは余計なことを考えている暇はない。どうすべきか、すぐさま決めなければ。一緒にサッカー場へ行ったら、入場を許されずに追い返されるアーミテージをキャロラインに見られる。そしてキャロラインには、好むと好まないとにかかわらず、父親に報告する義務があり、それと同時にアーミテージの冒険と情報収集の機会は幕を閉じるのだ。きっとキティーは声を上げて笑うだろう！「無理よ」と言っていたのだから。「そういう柄じゃないもの」と。まったく、キティーの言う通りだったと思わせてたまるものか。

となると、どうやってキャロラインを追い払うか。わざとらしい行動で疑いをもたれることなく、やり過ごすにはどうすればいい？

ルダル家を出たアーミテージは、キャロラインと足並みを揃えて歩きながら、頭では打開策を練りつつ会話を続けた。他意があると気づかれてはならない。

「昨日の晩、あんなに遅く帰ったのなら、ずいぶん楽しんでたんですか？」アーミテージは尋ねた。

「全然。そういう機会に恵まれなくて。映画館の切符売り場で働いているから。二人体制で、もうひとりは午前十時からで、わたしは遅番。だから夜に自由な時間なんてない。退屈ったらないの、あんな小さな箱に押し込められて、夜もろくに遊べないんだから。午前中に一緒に遊んでくれる男性もいないし」

「そうですね」アーミテージがうわの空で言う。「その、それはあいにくですね。あの――歳はおいくつですか、キャロライン？」

「十九歳、っていうか、もうすぐね。来週の水曜日が誕生日。その日には何とか休みを取ろうと思ってるんだけど、取ったところで遊ぶ当てがなくて。男性たちにはとっくにお相手がいるのよ――夜にいつも会える女性がね」

「それは残念ですね」アーミテージはあいづちを打った。これっぽっちも興味はなかったが、キャロラインのおしゃべりを止めてはならなかったし、キャロラインは身の上話が好きだと踏んだからだ。

「その日には何をしたいんです？」アーミテージが尋ねる。「ダンスホールや劇場とか？　何でしたら、ぼくが入場券を手配しましょう――」

その瞬間、キャロラインの返事すら耳に入らなくなった――この苦境から抜け出す名案が浮かんだからだ。〝入場券〟を思い浮かべたおかげだろう。

そのままリリー・ロードを半分ほど進んだところでアーミテージは内ポケットに手を入れ、こう言った。「しまった、忘れてきた。部屋に取りに行かなきゃ」

「忘れたって何を?」

「サッカー場の入場許可証です。職員は入口で提示する必要があるんです。いや、すみません、取りに戻らないと」

キャロラインの表情を見る限りでは、話を信用していないようだった。

アーミテージは言った。「そうだ、こうしましょう。ぼくはこれからバスに乗って許可証を取りに行って、またバスで戻ってきます。ここで待っていてもらえたら――お待たせするのは数分でしょう――それからサッカー場まで一緒に歩けますよ。名案でしょう。もっと話を聞いてあなたを知りたいな」

アーミテージは屈託のない笑顔を向けた。

その笑顔にほだされてキャロラインは言った。「そうね、すぐ戻ってくるなら――」

「あっ、対向車線に七十四番のバスが来ます。急いで向こうに渡って乗らないと。待っててくださいよ、キャロライン。あなたのような女性と、おしゃべりするのが好きなんですから」

アーミテージは道を横切り、一瞬立ち止まってキャロラインに手を振った。バスに乗ると、ハイド・パーク・コーナー行きのチケットを買った。終点でホワイトホール行きに乗り換えればいい。

キャロラインはどのくらい待っているだろう、とアーミテージは思った。

3

アーミテージがロンドン警視庁に着くと、チェンバーズ巡査部長がいた。

「おはようアーミテージ。やっとお出ましか。夜通し遊んでたんだろう？」

アーミテージが言い返す。「ふざけるな、チェンバーズ」

「おや、ご挨拶だな。いつものように言っただけさ。きみのお盛んな様子を、ほかにどう言えっていうんだ。それで、たっぷり楽しんだのか？」

アーミテージは言った。「その汚い口を閉じてくれないか」

「そう突っかかるなよ」チェンバーズが言う。「あれこれ詮索されたくないなら、借金（エンゲージメンツ）を踏み倒さなきゃいいのに」

「おまえとはなんの契約（エンゲージメント）もしていないぞ」

「いや、そういうんじゃなくて。もっとも、一昨日おまえを一緒に寝かしてやるべきだった、とは言われた。おまえから何も言われなかったから、てっきりどこかでお楽しみかと思ったんだ」

「へえ、なるほど。実はきみと一緒にいるのは――くだらない話を聞かされるのは――ご免だったんで、外に部屋を借りたんだ」

「へえ？　どこに？」

「余計なお世話だろ？」

「チェルシーだろう」

「何でまた？　とにかく違うよ。フラムだ」

「ほお」チェンバーズが言う。「あのお方がチェルシーにフラットを持っていたから、てっきり。フラムだと近すぎず、ちょうどいい距離だ」

「近すぎって誰に？」

「とっくにわかっているくせに。まあ、このくらいにしておくよ。ここでは改めて口にしないほうがよさそうだ。厄介なことになりそうだからな。実際、噂になってるぞ。おれは気にしないが、中には名指しで話してる奴もいるから――おまえの、というより、あのお方のほうを――おれがなだめているくらいだ。気が利くだろう？」

「ぼくの悪口を言いふらしているのか？」

「いや、まさか。おまえが決められた部屋で寝ないで、行く先も理由も告げずに夜な夜な出かけてると噂になっているから――ほら、連中ってのは気にし出すと黙っていないからな。でも文句が言えた義理じゃないだろう？　おまえがまともなら話は違う。恋人としけこんだって誰も――」

「ここで女の話は関係ないだろう」

「それもそうだ」チェンバーズが言う。「やめておこう。それにしても彼女も気の毒だ。変わり者の相手には実にもったいない」

　アーミテージが嚙みつく。「しまいには手を出すぞ、この卑怯者。手加減しないからな」

「署内ではやめておくのが身のためだよ、アーミテージ。なんの得にもならない。言ってるのはおれだけじゃないんだ。相当いるぜ。それが気に入らないなら、身の程を知って辞表を書けよ。そうすれば、おれたちも手出しはしない。どうだ？」

「まっぴらご免だね」アーミテージは言った。

4

マッケンジー事件の捜査は遅々として進まなかった。容疑者は裏社会の有名人で、密告する者も現れない。直接証拠はなく、彼の犯行を窺わせる数々の特徴だけでは起訴には至らなかった。

収穫なしが続いたある日の夜、バーマン警部は、事件に係わる署員を多くの部署から招集した。

「われわれは捜査方法の変更を余儀なくされている」警部は言い放った。「意見があるものはいるか？」

バーマンから目をかけられているわけでもなく、これまで取り調べにほとんど加わっていないにもかかわらず、会議の席にいたチェンバーズ巡査部長が即座に発言した。

「警部のおっしゃる通り、奴の仲間がタレこむとは思えません。誰かをしょっ引いて締め上げられませんか？」

「まさにその手順も排除してはいないがね、チェンバーズ巡査部長」

「ごもっともです、警部。ですが適切な地区を当たっているのでしょうか？　マッケンジーの仲間の中にもお人よし（オネスト・ジョン）がいるはずです――そういう連中が知っていることはわずかかもしれませんし、積極的に動きはしないでしょうが」

「お人よしを締め上げても効果があるとは思えんよ」

「通常のやり方ではだめです。ですが、共犯を疑われた後に嫌疑が晴れたと安堵している人物がいるとすれば——改めて嫌疑がかかったと知ったら動揺するはずです。その人物が吐けば解決の糸口が見つかるかもしれません」

「具体的な人物がいるのかね？」

「はい、警部。ルダルが怪しいとにらんでいます。マッケンジーの仲間ですから、話さなくとも何かしら知っている可能性があります。警察からまた目をつけられていると思わせれば口を割るでしょう——警部、そう思わせればこっちのものです。従いまして、ルダル家の監視を提案します。通例に倣わず、監視対象が世話を焼きたくなるような不器用な人物を見張りにするんです」

「なるほど」バーマン警部が言う。「捜査が行き詰まっていない限り、その方法は意味があるとは思えんが、先ほど述べたように——わかった。その方法を用いる場合、きみが担当したほうがいいだろうな、チェンバーズ巡査部長」

「承知しました、警部。ですが——差し出がましいようですが——アーミテージのほうが適任ではありませんか？　わたしはあいにく見張り業務は不得手でして」

「アーミテージにはわたしの下で働いてもらう」バーマン警部が切り返す。「明朝からきみが見張りについてくれ」

「かしこまりました」チェンバーズがアーミテージに向き直る。「ルダルの居住先までの道のりを案内してくれるか、アーミテージ？　フラム方面かな？」

アーミテージは無理やり笑い声を上げた。周囲に自然な笑いに聞こえるよう望んだ。「見損なったよ、チェンバーズ。ロンドン警視庁の署員がロンドン市街の案内を求めるなんて前代未聞だぞ？」

「リリー・ロードから脇道に入った辺りだ」バーマン警部が言う。「コネティカット・ストリート十七番地だ。よし、チェンバーズ巡査部長、明日から頼む」

5

アーミテージがロンドン警視庁を出てフラムに向かう頃には、地面に雪が積もり冷たい風が吹きつけていた。夕食はコネティカット・ストリートの家に帰る途中でとることに決めた。取り急ぎ、何かと絡んでくるチェンバーズへの対処が必要だ。

奴がルダル家の張り込み担当になったのも懸念材料だ。チェンバーズは何かにつけて波風を立てようとする。もちろん、バーマン警部と共に夜を過ごしたなどというのは、卑劣な出まかせで、はったり以外の何物でもない。だが、チェンバーズが〝フラム〟と口にしたのは、暗に……ルダル家に間借りしている事実を示したのではないか、憶測ではあるが。署内でキティーの冒険の数々を――そして、それをアーミテージがうらやんでいるのを――知らない者はいない。ならば、物事はうまくいくはずだった……推測では。

チェンバーズが本当に気にかけているのが昇進事情であるのは明らかだった。騒ぎを起こせば自分に有利に働くと考えているのだろう。そうに決まっている。チェンバーズが陰で動いているのは、バーマン警部へ次のように報告するためだ。「失礼ですが指示には従えません。アーミテージ巡査部長に足を引っ張られているからです。アーミテージが何をしているか訊いてはどうです？　ルダル家に間借りしているのか、と」そうすれば必ずバーマンは怒り心頭に発し、アーミテージを叱責するはずだ！

チェンバーズの狙いは自らの推理を認知させること——それが確信に至るまでは、バーマンに発言するほど愚かではない、と示すことだ。

家を監視していればチェンバーズは確信を得るだろう。遅かれ早かれ、ルダル家の入口の階段でアーミテージと鉢合わせしかねない。

それだけは何としても避けなければならない。

ルダル家から退散して官舎へ戻るのも一案だ。そうしたからといってアーミテージが敗北したわけではないし、キティーも理解してくれるだろう。だが、そうでなければ笑って言うだろう。「だから言ったでしょう、無理だって」

まったく！　何を置いても、それだけは避けたかった。

それなら——ルダル家に間借りしつつ毎朝早く出かけ、チェンバーズの勤務が終了してから帰宅すればいい。チェンバーズが故意に早く見張りについたり監視時間を延ばしたりするかもしれないから、危険は伴うが……ほかに方法はなさそうだ。

6

アーミテージがレストラン〈笑うオオハシ〉でラムチョップを食べながらチェンバーズへの対策に頭を巡らせていると、向かいの席にフィリップ・ヤングが座った。

「やあ、アーミテージさん！」ヤングが大声で言う。「またお会いできて嬉しいですよ。今日はソーセージじゃないですね。それに、まだ自殺を決行なさっていないんですね。その後いかがですか？」

「それどころではなかったんです」アーミテージは応えた。「考えることが山ほどありまして」

「いいですね」ヤングが言う。「心配事を忘れるなんて、そうはありませんよ——それに勘違いしていましたが、思い出しましたよ。自殺に関心を持っていたのは、個人的観点からではありませんでしたね。ご自分が、というわけではなく、一般的に自殺か他殺か解明しようとしていたんでした。警官として、そうお考えになるのは実に自然な——」

「警官だと言った覚えはありませんが」

「綿密に考えるお仕事だ、と以前伺いましたよ。あなたは検視官にしては若すぎますから、警官だと踏んだんです。違いますか？」

「いや、実はそうなんです。捜査課ですが」

「へえ？　それは実に興味深い。いまは何を捜査しているんです？　訊いてはいけないのかな？」

「担当事件についての言及は控える決まりです」アーミテージが応える。「ですが、例の自殺か他殺かという件は別です。わたしの個人的発見は〝事件〟とは無関係ですから。それに、もっと興味深い事柄をいま見つけましたよ。昨夜話した時、一般的な自殺の方法について話してくれましたね。この肉だって利用できると思いつきました。ガスを利用すればいい。部屋にガスコンロがあるんです」

「なるほど」ヤングがあいづちを打つ。「オーブンには劣るでしょうが。ガスコンロに頭を載せることはできますね。でも意識を失ったら位置がずれるかもしれません。一方で、自殺願望が強い人物なら自分の両肩を挟むように椅子を置いて、失敗を避けられるでしょう。そう、確かにそのほうが喉を掻き切るより、よっぽど現実的だ。それか縊死ですね。となると、ご友人は他殺だった可能性がますます高まりますよ。親しかったんですか？」

「名前も知らないくらいです。たまたま血痕を見つけて、いきさつを聞いたまででして」

「でも、火を見るよりも明らかですよ」ヤングが言う。「よくお気づきになりましたね、アーミテージさん。どうするおつもりですか？　職場の上司に報告しますか、それとも引き続きおひとりで捜査を？」

「報告するにしても、どうしたものか」アーミテージが応える。「実は――その、勤務の過程で把握したわけではないものですから」

「どういう意味ですか」ヤングが言う。「警官は常に勤務中、ということわざがあるでしょう？」

「そうですね。でも――その、目下、任務外の捜査を独自にしていまして」

「ほう、なるほど。まあ、それはわたしのあずかり知らぬことですから、首を突っ込むのはやめておきます。ところで今夜のご予定は？　映画にでも行くんですか？」

「いいえ」アーミテージは答えた。「間借りしている下宿に戻らないといけないので」

7

ふたりとも食事を終えると、ヤングが言った。「これからフラム・パレス・ロードの方へ行くんです。好みの映画がかかってましてね。もしかして、下宿はあちら方面ですか？」

「コネティカット・ストリート沿いなので、よかったらリリー・ロードをご一緒しましょう」

「いいですね。嫌でなければ腕を組んで歩きませんか。どちらかが足を滑らせた時のために。積もった雪の表面が固まって、道路がガラスのようです。ここに来る時も、スリップした車を三台、転んだ女性をひとり見ました」

数分後にふたりがノーマンド・パークを通り過ぎた時、ヤングが言った。「コネティカット・ストリートへ行くには道路を横断する必要がありますね。気をつけてください。足を滑らせようものならバスに頭を轢かれかねません」

「気をつけることばかりですね。大変な目に遭いそうです」アーミテージは言った。「それではヤングさん。また何かの機会に」

アーミテージは縁石から道路に下りたとたん、歩道よりよっぽど滑りやすいことに気づいた。横断歩道のない場所なので、注意して進む。半分ほど渡った時、ヤングの叫び声が聞こえた。「アーミテージさん、左側に注意して」アーミテージが目を向けると自動車が突進してくるのが見えた。横断し始めた時には視界に入ってなかったのに——だが、あれこれ考える時間はない。原則として、このような場合、後退より前進のほうが常に安全度が高い。アーミテージは走りだした。

自動車はアーミテージの背中のほんの十センチほどのところを通り過ぎた。命からがら助かってホッとする前に、ガラスのような路面に足を取られて派手に転んだ。

頭を縁石にぶつけて、一瞬、頭が真っ白になる。すると両手が前方に引っ張られるのを感じた。ヤングの声が聞こえる。「いや、危機一髪でしたね。大丈夫ですか?」

「頭を打ちました。左手首も痛みます」

「とにかく歩道に移動しましょう。このままだと同じ目に遭いかねません。立って歩けますか?」

アーミテージは立ち上がった。「どうにか大丈夫そうです。車というのは、どこからともなく飛び出してきて、あれほど猛スピードで行くものですかね。あんなのは初めてです」

「あなたが横断し始めてから車に気づいたんです。確かにすれすれでしたね、時速八十キロほどでしたか」

アーミテージが尋ねる。「カーナンバーを見ましたか?」

「いえ、まったく。考えもしませんでした。危ないと思って声をかけた後は、ただ見ているしかなかったので。とにかく家に帰ったほうがいい。強い酒でも飲ませてもらうことです。さあ、お供しますから、つかまってください。あなたの下宿の住所を教えてくれますか?」

第四章　脅迫状

1

「ひどく頭痛がします」十七番地に近づくとアーミテージは言った。「それに手首は骨折していないとしても、ひねったのは確かです」

「冷水に浸した布を当てるといいですよ」ヤングが提案する。「朝になっても回復しなかったら、病院で診てもらうことです。頭痛のほうはアスピリン二錠くらいで楽になるでしょう。ここが下宿ですか？　もうおひとりで大丈夫ですね？」

「中に人がいればいいんですが。誰か帰ってくるまで一時間もここで待つのは避けたいのでね」

「じゃあ、中に入るまで見届けましょう」

玄関の扉の掛け金が上がっていたので、アーミテージは呼び鈴を鳴らした。ほどなくキャロラインがドアを開けてくれた。

キャロラインは言った。「あら、あなただったの！　今朝はよくも待ちぼうけを食わせてくれたわね、言い訳なら聞くわよ？」

アーミテージが釈明する前に、ヤングが口を開いた。「ミスター・アーミテージは災難に見舞われました。危うく車に轢かれるところで、足を滑らせて手首と頭を怪我しています。応急手当をお願いしたいのですが――」

「それって今朝？　なら、納得がいくわ」

キャロラインは安堵した様子だったが、喜んだのかもしれなかった。

だがヤングが「いいえ、数分前です」と応えると、キャロラインは再び表情を曇らせて言った。

「じゃあ、やっぱり、待ちぼうけを食わせたひどい人だわ！」

ヤングは「これで失礼しますよ、アーミテージさん」と言って去っていった。その顔には、痴話げんかはどうぞご勝手に、と書いてあるように思えた。

キャロラインの背後から姿を見せたミセス・ルダルが言った。「そういうのは後になさいな、キャロライン。ミスター・アーミテージは怪我をしているんだから――」そして娘を押しのけてアーミテージに話しかけた。「どこが痛むんです？」

「手首をひねったようです。それに転んだ時、縁石で頭を打ちました」

夫人に促されてアーミテージがリビングルームに入ると、ミスター・ルダルとクラレンスがいた。クラレンスは年頃の少年にありがちな、〝揉め事〟に興味津々の表情だが、ミスター・ルダルは攻撃の機会を狙っているような鋭い目つきだった。

アーミテージは頭痛のせいで、この状況を乗り切る自信がなかった。だが、何としてでも切り抜けなければならない。ここは再び、奇襲攻撃が最善策だと判断した。そこでミセス・ルダルが布を濡らすためにキッチンへ行っている時に、こう切り出した。「今朝はいったいどうしたんです、キャロライン？　入場許可証を取って、あなたが待っていた場所にすぐ戻ったのに、どこにもいませんでしたね」

「あら、四十五分は待ったわ」キャロラインが反撃する。「なのに戻ってこなかったじゃない」

「いや、戻りましたよ。でも、あなたはいませんでした。この通りの二つ先の停留所でしたね？」アーミテージはできる限り如才なく言った。

「違うわ、一つ目の停留所よ。とにかく――」

「何ですって！　てっきり二つ目の停留所にいると思って、時間の短縮のためにバスに乗ったんですよ。でも、あなたの姿が見えなかったから、先に行ったのだろうと思って追いつこうとしました。一つ目の停留所にいたのなら、車内から見つけられずに通り過ぎてしまったんですね。いや、本当に申し訳なく――」

「嘘ばっかり。そんなでたらめ信じるもんですか」キャロラインが叫ぶ。「家にも戻らなかったくせに」

アーミテージは嘘の上塗りをした。「戻りましたよ。皆さんご不在でしたが――誰とも会わなかったので――とにかく、ここに戻って――」

ミスター・ルダルが口を挟む。「玄関には鍵がかかっていただろう？」

その質問に応えるのは、アーミテージにはたやすかった。

「出勤時にはかかっていませんでした」キャロラインの方を向く。「覚えていますか？　あなたが開けたドアをぼくが後ろに引きましたよね。でも、きちんと閉めなかった気がします。とにかく、いったん戻ってきた時には開いていました」

皆の表情からすると――ミスター・ルダルを除いて――納得したようだった。

キッチンから戻ったミセス・ルダルが言った。「そのくらいにしておきましょう。ミスター・アーミテージには静養が必要よ。体調不良の時に問い詰めるものではないわ」

アーミテージの手首の包帯を巻き終わると、夫人は続けて言った。「それにすべて話してくれているじゃないの、キャロライン。あなたが待っていたのと違う停留所に行ったって。それに玄関のドアが開いていたのなら――」

「ちょっと待て」ミスター・ルダルは立ち上がるとアーミテージのそばに来て見下ろした。明らかに威圧している。「入場許可証とやらを見せてもらおうか――もし持っているなら」

2

不意打ちを食らった。どう切り抜けたものか？

ふと、ひらめいてアーミテージは笑い声を上げた。「もちろんですとも。ずいぶんと疑り深いんですね、いくら客の嘘に慣れている借金取りだからといっても、こんな風に脅されるのは実に心外ですよ。とはいえ、許可証を見せて納得いただければ、この場が収まるなら、お出ししましょう」

アーミテージはジャケットの内ポケットに手を突っ込んだ。中にある財布に指先が触れる。

そして、できる限り驚いてみせた。

「何てことだ」アーミテージは叫んだ。「ないぞ。財布が――許可証と現金を入れていたのに」

ミスター・ルダルが言う。「ほお、ないか？　変だな？　必要な時に限ってなくなる」

「今夜、食事代の会計をした後でポケットに入れたのは確かです。でもなくなっている。そうだ、車に轢かれそうになって転んだ時に落としたに違いありません」

「へえ?」ミスター・ルダルが大きな声で言う。「もっともらしい話だな?」

アーミテージに近づく。「どれ、ポケットの中をあらためさせてもらおうか」

「お断りします」アーミテージは言った。「ポケットを探られるような真似をされてはたまりません」

万事休す。もしミスター・ルダルが言い張ったら――こちらは張り合えそうもない。ひどい目に遭って手首も痛いのだから。

だが、その時ミセス・ルダルが割って入った。「そのくらいにしたら、おとうさん。こんな時にフェアじゃありませんよ、相手は具合が悪いんですから。あまりにも冷たいわ」

「よかろう」ミスター・ルダルは言った。どうやら気が変わったらしく、後ずさりながら続ける。「なら、このくらいにしておくさ。こっちはどうだっていいんだ。この若者が嘘をついているのが気に食わないだけで。かあさん、家賃を返して、出ていってもらえ」

願ったり叶ったりだ、とアーミテージは思った。だが潜伏は失敗に終わるだろう――そしてキティーに笑われる。その屈辱にはどう考えても耐えられない。それに比べたら――危険を伴っても――何とかしたほうがましだ。

アーミテージは言った。「そうなさるなら、こちらは訴訟も辞さないですよ。こちらは法律に明るいですからね、そちらはどうだか知りませんが。一週間分の賃料を受領した時点で、賃貸契約は成立しています。拒否するなら、損害賠償を請求しますよ」

実のところ法律の知識などこれっぽっちもなかったが、われながら説得力があると感じた。そして即効力があった。

ミセス・ルダルが声をかける。「おとうさん、そんなの困るでしょ」

ミスター・ルダルが応える。「確かに、それは困る。そういった類のことは」

同意するようにキャロラインもうなずく。高みの見物を決め込んでいたクラレンスは、展開に不満げだ。

アーミテージは言った。「夜のこの時間にここから追い出されたら、もっと具合が悪くなるところでした。奥様のおっしゃる通り、病人なんですから、その点でも訴追されかねませんよ。でもこちらだって一週間したら出ていく身で、長居するつもりはありません」

アーミテージは椅子から立ち上がって出入口に向かった。誰も止める者はいない。アーミテージは振り向いて冷ややかに言った。「おやすみなさい」そして二階の貸し間へ向かった。

3

部屋で服を脱いでいるとドアをノックする音がしたので、アーミテージはナイトガウンを羽織ってドアを開けた。キャロラインが小さな薬瓶を持って立っている。「よかったら、と思って。アスピリンよ、頭痛に効くわ」

「ああ、助かります。ありがとう」

キャロラインが言う。「入ってもいい？　話がしたいの。あなたってよくわからないわ。詐欺師に思える時もあれば、そうでない時もある。それにね」こう付け加えた。「深く考えないほうがいいかなって」

「なら、そうすることです。考えたくないのに無理して何の得がありますか？　事の始まりはあなたのおとうさまです。それさえなければ居心地のいい下宿なのに」

「あなただって、いい下宿人だわ――信用できれば」

「じゃあ、話は簡単ですよ」アーミテージは言った。「理解し合える余地はあります――それこそミスター・ルダルが面倒を起こさなければ」

キャロラインは微笑んだ。魅惑的な笑みだ。

「理解し合えるわよね？　何にも邪魔されずに。なら話が早いわ。わたし、ふだんからわが道を行くタイプなの、そのほうが楽しいでしょ」

「楽しいのが一番ですね」

「そうよ」キャロラインが尋ねる。「週末まではいるんでしょう？」

アーミテージは無言で当たり障りのない微笑を返したが、当然ながら、相手がそう取ったとは限らなかった。キャロラインが言う。「頭痛なんてさっさと治しちゃいなさいよ？　元気になってもらわないと話にならないわ」

そしてキャロラインは部屋を出ていった。去り際に振り返ったその顔には、また笑みを浮かべていた。

4

アスピリンを持ってきてくれるなんてずいぶん親切だ、とアーミテージは思った。キャロラインは味方だ、それははっきりしている。心優しいミセス・ルダルも。クラレンスはどうでもいい。つまり厄介なのはミスター・ルダルということになる。

ミスター・ルダルは実に鼻持ちならない、残忍な悪党だ。

アーミテージはカーペットのシミに目を落とした。〝残忍〟？　そうとも、こんな大きなシミを残して自殺する人などいない――火を見るよりも明らかだ――そして自ら命を絶ったのでなければ、殺されたに違いない。下宿人としてこの部屋にいたのだから、犯人はミスター・ルダルしかあり得ないのでは？

これでは『フリート街の悪魔の理髪師（スウィーニー・トッド）』さながらじゃないか――そういえばフラムとは目と鼻の先だ。ルダルは定期的に下宿人の命を奪っているのだろう、理髪師が髭を剃りに来た客を殺したように。金目の物を持っていたら失敬するために。そうでなくとも、下宿人に腹を立てた時に。家族には体よく自殺だったと言うのだ。うまくお膳立てする必要があるはずだ、審問となった時に不利にならないように。

過去に罪を犯したものの、刑をまんまと逃れたものだから、味を占めているのだろう。怒りに任せて――。

アーミテージはドアに近づき鍵を探したが、見当たらなかった。ナイトテーブルのそばにあった木製椅子をドアの取っ手の下に移動させる。

何もルダルに狙われているわけではない——当面のところは。だが過去にルダルが何をしたか、血痕が示している。怒りに駆られたら手がつけられないのは明らかで——計り知れない。取っ手の下に椅子を置いておけば、夜中にルダルがこっそり入ってきても、物音で気づくはずだ。

5

アーミテージはなかなか寝つけなかった、というのもベッドの寝心地が悪く、頭痛がし、手首も痛む上に、夜が明けるまでに殺されるかもしれなかったからだ。それにもかかわらず、アスピリンのおかげでアーミテージは眠りにはついた。だが断続的に飛び起きてしまい、そのたびにベッドから落ちそうになった。

翌朝はミセス・ルダルが起こしに来る前に起きた。とっくに目を覚ましていたし、横になったまま悶々としていたくなかったからだ。それに、チェンバーズ巡査部長が張り込みにやってくる前に、頃合いを見て出かける必要があった。

朝食は置いてなかった。アーミテージは夫人宛にメモを書き——「あいにく今朝は早く出勤する必要があります」——ナイトテーブルの上に目立つように置いた。それから階段をそっと下りて玄関を出た。かなり早かったので、ロンドン警視庁に着いたのは、ちょうどチェンバーズが出かける時だった。

「やあ。早起きは何とやら、か？　下宿から早く出ていきたかったとみえる。いるのを目撃されたくないんだろう」

　そしてアーミテージの手首の包帯に気づいた。「おやおや」チェンバーズが大声を出す。「喧嘩でもしたのか？　厳しく扱われて手を出したか？」

「見当違いだ。昨日の晩、車に轢かれそうになって、飛び退いた時に凍った道路で滑ったんだ」

「それはお気の毒に。飛び退いてしまったとはね。そうしなければ、かえって皆のためになったのに」

6

　一方、包帯の巻かれたアーミテージの手首を見て、バーマン警部はこう言った。「どうしたんだ？　深刻な怪我でないといいが」

「昨晩、凍った道路で足を滑らせて、ひどく打ちつけました」

「路面には気をつけないといけない」

「おっしゃる通りですが、残念なことに、危うく轢かれそうだったので避けたんです」

「じゃあ、手首の怪我で済んだのは不幸中の幸いか。ほかに大きな怪我は？　骨は折ってないのか？」

「捻挫だけだと思います」

「そう願いたいものだ、アーミテージ巡査部長。できれば任務を遂行してもらいたいからな。これから忙しくなる。例の夜間の強盗事件で、マッケンジーはウォールサムストーの自宅にいた、と主張している。確証を得られるのは容疑者の妻だけだが信用性に欠ける。一方、容疑者がほかの場所にいた、という裏も取れていない。たとえチェルシー事件の犯人だと確信していても。マッケンジーが犯人なら、数回下見に行って街の地理に詳しくなる必要があっただろうから、おそらくチェルシー付近に一週間ほど滞在していたはずだ。強盗事件当夜の土曜日、容疑者がフラムの〈牡鹿とヤマアラシ〉で飲酒した事実をわれわれは把握している。となると、前の週に容疑者がフラムに潜伏していた可能性がある。どの辺りに隠れ家があるか把握していないが、あの地区の捜査を強化するつもりだ。土曜の夜以外にマッケンジーが付近で目撃されていたら、最終的に何か把握できるはずだ」

それこそアーミテージが一番避けたいことだ。ノース・エンド・ロードをバーマン警部と聞き込みしようものなら、買い物途中のミセス・ルダルや出勤するキャロライン、登校途中のクラレンス、借金取りに行くミスター・ルダルと鉢合わせするだろう。家族のひとりとすれ違うだけで、フラム・サッカー場の雑用係ではないと知られてしまう！

だが警部と聞き込みに行く段になって、アーミテージは名案を思いついた。

「警部、マッケンジーが一週間ほどフラムに潜伏していたなら、時間を持て余していたのではないでしょうか。下見など半日もあれば足りますから――とにかく、暇な時には気晴らししていた可能性があります」

「ほう、たとえば？　パブや映画か？」

「そうですね――確かサッカー・ファンだと記録にありました。フラム・サッカー場から聞き込みを始めるのはいかがでしょう？」

「なるほど、冴えてるな、アーミテージ巡査部長」

7

聞き込みはアーミテージが思った以上に名案だった。犯罪履歴課から入手した顔写真を手に、バーマン警部と共にサッカー場職員たちに話を訊いたところ、強盗事件直前の一週間に二度、マッケンジーが観戦に来ていたとわかった。

「出だしは上々だ」バーマン警部が言う。「金曜夜の犯行にマッケンジーが関与したと裏付けるものではないし、アリバイを崩せるものでもないが、少なくともフラムに潜伏していたとは推定される。そうだとするなら、根城がどこだったかが問題だ。アーミテージ巡査部長、確か容疑者はルダル家に下宿していたはずだ、と言っていたな？　空室があったと記憶しているが」

偵察するよう命じられてはたまらない、とアーミテージはすかさず言った。「その件でしたら、チェンバーズ巡査部長がルダルの監視に当たっていますよ。われわれが時間を割くには及ばないのでは？」

「取り急ぎチェンバーズからの報告を聞きたいものだな」

8

アーミテージはその日の夜キティーと夕食を共にする予定だったが、勤務中に手首の包帯がだいぶ汚れてしまったので、ミセス・ルダルに替えてもらったほうがレストランで心証がよいだろう、と思い、いったん下宿へ戻ることにした。

下宿の玄関が開いていたので、そのまま中に入った。ルダル一家はリビングルームに勢ぞろいしている。アーミテージは努めて明るく――そして誠実そうに――話しかけた。「今日はサッカー場でこき使われました。雪も解けたので明日は試合があるそうです」

返事はない。もっとも、アーミテージに不安げな視線を投げかけてはくる。

しばらくしてミスター・ルダルが口を開いた。「おそらくきみは、よく知らない、と言うんだろうな、そうだろう？」

「いや、どうでしょう。何のお話かによります」

「わたしが尾行されている件だ。それに通りを一日中うろうろして、窓から家の中を覗こうとしている人物がいる。警官だ、間違いない。でも、きみはしらばくれるんだろう！」

「あなたを尾行してくれとか、家を監視してくれ、などと警察に頼んだ覚えはありませんよ、ミスター・ルダル。もしそれが事実なら、何らかの理由があるんでしょう。よく知りませんが」

「理由だと？　そんなものあってたまるか。わたしは真っ当な人間だ、誰にも文句は言わせない。これまでだってそうだった。わが家の話をまことしやかに警察に吹き込んだんじゃないか？」

アーミテージは言った。「なるほど。後ろめたいことがないなら、尾行したり監視したりしているのは警察のはずありませんよ」

「いや、あり得る」ミスター・ルダルが言い返す。「きみの差し金だろう？　ここを偵察する目的で下宿したものの、わたしに感づかれて仲間に引き継いだんだ」

「いや、仲間がそんなことするはずないじゃないですか」

ミセス・ルダルが割って入る。「おとうさん――」

「口を挟むな、かあさん。わたしは正気だ。ここから追い出すのは不可能だ、とこの男は言ってるが、そこからしておかしい。押してもだめなら引いてみろ、か。われわれを偵察して外では尾行する。午前中、取り立てに二件も行き損ねたのを知ってるか？　警官につきまとわれているのに、取り立てができるか？　商売あがったりだ」

アーミテージは言った。「警察を引き連れていったら、むしろ、それらしく見えるかもしれません。相手は怯むんじゃないですか？」

「ふざけているのか、えっ？」ルダルが切り返す。「そんなわけないだろう。そうだとしても、わたしには無用だ、わかるな？　さあ答えてもらおうか、あの男を追い払うか、それともそのままにするのか？」

「いや、その人はぼくの言うことなど聞きませんよ。警官に命令したことがおありですか？」

ルダルが唸る。「そうやって、すぐ煙(けむ)に巻くんだな？　まともに答えず、見当はずれな返事をする。何か企んでいるのが見え見えだ。もういい。そっちがその気ならこっちだって。いまに見ていろ」

「どうぞご自由に、わたしは辛抱強いタイプですから」

アーミテージは背を向けた。これ以上続けても意味がない。ルダルとの不愉快な時間の憂さを晴らしに、キティーに会いに行こう。

だが、部屋から出ようとした時ミスター・ルダルが言った。「待て」ポケットから何かを取り出す。「これを持っていけ。夕方郵便受けに入っていた。警察が入れてったんだろうよ」

封筒を受け取ったアーミテージは驚いた。宛名には大文字で〝ミスター・アーミテージ〟とある。

差出人がチェンバーズとは考えにくい。潜伏を薄々感づいているのかもしれないが、そもそも知りようもないし、知っていたら、〝ミスター・アーミテージ〟でなく〝アーミテージ巡査部長〟と記したはずだ。

おそらく手首の具合を気にして、フィリップ・ヤングが書いてくれたのだろう。彼以外アーミテージがここにいるのを知る人物はいない。

アーミテージは封筒を開けた。中はありふれた便箋一枚で、送り主も日付の記載もない――おまけに大文字で、こう書いてあった。「おまえも命拾いしたな。次は仕留めるぞ」

第五章　警部のバスタイム

1

キティーが言う。「どうしたっていうの、ブライアン？　いまにも死にそうな顔をして。それに、その手首は？　ミスター・ルダルに叩かれた？」

「何とも言えないよ。三十分前まではそう思わなかったけど、いまはよくわからない」

「やけに秘密主義なのね！　でも、わからないはずないんじゃない？　手首の様子からすると、あなたも応戦して、それで――暗闇の中でのことだった、とか？」

「手首は関係ない。凍った道路で足を滑らせた時に、手をついてひねっただけだ。車が来て――どうも誰かに殺されかけたらしい。その時は偶然だと思ったけど、いまになってみると――それをもくろんだのはルダルだと思う」

2

「ひとつずつ整理しましょう」キティーが提案した。「一番大切なところからね。手首だけど——怪我の程度が気になるし、骨折していないかどうかレントゲン検査をするべきじゃない？　あと、ほかに何かされた？」

「いや、いまのところ大丈夫だよ。頭をぶつけたけど、たいしたことはない。手をついて防いだから。ただ——ほら、ルダルはまたやると言っている。次は仕留める、とね」

「本当にルダルなの？」

「ほかにいるもんか。奴からは脅され続けている」

「話を全部、聞いたほうがよさそうね。ささいなことも省かないで」

ブライアンはすべて話した。もっともキャロラインの件は言うに及ばない、と思えた。話し終えるとキティーは尋ねた。「フィリップ・ヤングって何者？」

「さあ。取るに足らない人物さ。あのレストランでたまたま相席したんだ」

「『たまたま』かどうかわからないじゃない、あなたが先にいたんだから。相手は目星をつけて席を選んだのかもしれないわ」

「ヤングにはそうする理由がないよ。いままで会ったことはない」

「そうとは限らないわ、ブライアン。確かなのは、相手の顔に見覚えがなかった、ということだけ。過去に面識があったかもしれない。あなたのせいで有罪判決を受けた犯罪者で、逆恨みしているのかも」

「そんなばかな！」ブライアンは叫んだ。「一度見た顔は絶対に忘れない。ヤングとは初対面だ。それに、車に轢かれそうになった時には、運転していたんじゃなくて、道路で危ないところを叫んで教えてくれた」

「そうね。でも『たまたま』にしてはヤング絡みがやけに多いわね。テーブルに相席して話しかけた。それをきっかけに翌日の夜もまた会った。これまでの話からすると、あなたがレストランを出る時間をヤングが調整したんだわ、リリー・ロードを一緒に歩く手はずを整えるために。わざと道路のその地点で渡らせたのよ。車が接近したところで大声を出して――あなたを立ち止まらせるのは簡単だったでしょうね、そこが車の真正面というわけ」

「そう考えるのも無理はないけど」ブライアンが言い返す。「何者かが偶然、過失でそうしたのかもしれない。ヤングに殺意があるとはとうてい思えない――ぼくが彼のことを知っているより、彼はぼくを知らないんだから」

キティーが言った。「車には誰が乗っていたの、ブライアン？」

「さあ。そのまま走り去ったんだから、わかるはずないだろう？」

「なら、殺意を抱く誰かだった可能性もある。それに、その人物があなたを犯行地点におびき寄せるために、ヤングを――というより、〝ヤング〟と名乗る人物を――雇ったのかもしれない」

「ちょっと、やけにこじつけてるな」

「こじつけなもんですか」キティーが反論する。「ある人物がブライアン、あなたに恨みを持っていて、車で轢いて殺すことを計画した。だが単独では難しく、しかるべき地点におびき寄せてくれる共犯者が必要だった。そこであなたに知られていない人物を雇った。『たまたま』で済ませていた事柄すべての説明がつくでしょう。それに、コネティカット・ストリートのあの家に下宿していると知る何者かが、あの脅迫文を出したに違いない点も忘れてはいけないわ——そして轢かれそうになった夜、下宿まで送ってくれたヤングには、当然知られていることも」

「やあ、たいした推理だな、キティー。それは認める。でも少しも納得しないよ。だってルダルの差し金に決まってるんだから」

「どうしてそんな回りくどい方法で？　あなたは月曜日には出ていくのに」

「車の一件があったのは、ルダルから、警官か、と問い詰められた後だったけど、一週間以上は滞在しない、と告げるよりは前だった。ルダルは心許なくなって、ぼくを追い払おうとしたんだ」

「それなら筋が通るわね。でも、月曜日に出ていくとわかっているのに、ルダルはわざわざ——少なくとも送り主はルダルだとあなたは推理しているんでしょう——今夜、手紙を使ったのね」

「ルダルは郵便受けにあったと言ってたが、取り出したのはポケットからだ——ずっとそこにあったとしか思えない。あらかじめ書いておいた手紙を、しかるべき時に出そうとポケットに忍ばせていたんだ。今夜ルダルに脅されたよ——ぼくを追い出す方法はほかにもあると言って——それで時間稼ぎに話をはぐらかしていたら、手紙を取り出した。怖がらせようとしたんだろう。まんまとうまくいったわけだ。怖くてたまらないよ、キティー。もう少しで、あと数センチで殺されるところだった。またやると言っているんだ、次は仕留める、と」

キティーは真剣に受け止めた。「ヤングのほうが怪しそうだけど、わからないわね。確信が持てないから。結局ルダルかもしれない。不満があって、特にあなたに——」

「それだけじゃないよ」ブライアンが言う。「ルダルはすでに殺人犯だ。下宿人の自殺の話はルダルが家族にだけ話している。ある人物を、いまぼくがいる部屋で殺したんだ。ぼくを警官だと訝しんでいて、おそらく殺害容疑で警察が捜査していると思っているらしい。ぼくが疎ましいのさ、良心が咎めて」

「ルダルにそんなものあるかしら?」

「なら、恐怖からかな、どちらも元は一緒だ。ルダルは殺人を犯し、おそらく逃げおおせていた。それがいまになって警察が捜査を進め——まずはぼく、続いてチェンバーズが——立件しようとしていると知り、当然ながら心穏やかではなくなった」

「その場合、あなたを亡き者にしたり、チェンバーズを追い払ったりするに足る動機があまりないわ。でも、チェンバーズに尾行されていると知る前に、匿名の手紙を書いたのかもしれない。そして理由を深く考える時間がなかったから、あなたに手渡した。たぶんルダルはあまり頭の回転がよくなくて、視野が狭いのよ。本気で次の機会を狙ってるかもしれないわよ、ブライアン。気をつけるに越したことはないわ。もっともわたしには眉唾ものだけどね、ヤングが怪しいと思っているから。でもこだわっている段階じゃないわよね、あなたが狙われているっていうのに」

「それはそうだ」ブライアンが言う。「どちらも願い下げだけど」

「となると、下宿に戻るべきじゃないわ。ずさんな計画だったのよ、あそこに下宿するなんて。いまとなっては失策ね」

「おいおい。怖いは怖いけど、尻尾を巻いて逃げたいかと訊かれれば、そこまでじゃない。ルダルに立ち向かってるところなんだ、いま出ていったら、あの手紙に怯えたからだと思われるだろう」

「少なくとも逃げるのよ、ブライアン。棺に入れられて運び出されないように」

「つまり、務めを果たせないときみは言うんだね」

「一番大切な務めはわたしと結婚することでしょ、ブライアン――将来的に。それに、失敗したら大きな損失よ――殺されるようなことにでもなったら」

「ああ！」ブライアンは言った。キティーがこんな発言をする時は取り付く島もない……愛とユーモアは水と油みたいなもので、決して混ざらない、とブライアンは思った。

キティーが続ける。「ところでコネティカット・ストリートでの任務は失敗したの？　それともレディー・クリフォードのダイヤモンドについて、収穫はあった？」

その質問に虚を突かれてブライアンは叫んだ。

「まったく！　そんなこと頭に浮かばなかったよ、わかるかい？　正体を見破られないよう、ルダルにかまをかけられて受け流すのに必死だったんだ」

「するとあなたが〝冒険〟で得たのは、命を狙われることだったのね。それじゃ収穫とは言えないわ」

「ぼくには充分さ」

「そうでしょうとも。命を狙われているなら、何か価値のあることをしたような気になるでしょうね。そうでないなら、一刻も早く捜査をやめたほうがいいわ」

「確かにそう思う」ブライアンも認めた。「もっとも――ぼくが間違っていてきみが正しい場合はね、キティー。ほかにもぼくを狙っている人物がいるなら、だけど」

「そうよ、ブライアン。だから気を揉んでいるの。こんな時にすべきはただひとつ。バーマン警部に話さないと」

「警部の指示なしにコネティカット・ストリートに下宿しているって？　雷が落ちるだけだよ」

「それで命が助かるなら、たいしたことないわ。悪者たちに殺されるのに比べたら」

「そりゃそうだけど。でも――」

「それしかないわ、ブライアン、それも一刻も早く。これから会いに行くのよ、警部の家に」

「きっと嫌がられるよ！」

「あなたが命からがら逃げおおせたと聞けば、温かく迎えてくれるはずよ。いまから行けば、警部が寝る前に会えるわ」

3

バーマン警部の家の前でアーミテージは怖気(おじけ)づいた。

キティーはいつも正しい。認めたくないけど、ルダル家に行くなと諭されたのも、キティーの言う通りだった。アーミテージはろくに成果を上げられず、このありさまだ。だから、バーマンに会いに行けという助言は正しい――間違ってはいないはずだ――。だが数分後には叱責されるかと思うと、気持ちが沈んだ。

アーミテージは力なく背中を丸めていたが、自らを鼓舞するように肩を怒らせてから、玄関のベルを押した。

応対に出たのはバーマン警部の妻キャスリーンだった。

「あら、ミスター・アーミテージ。こんばんは！　確か、いまは〝アーミテージ巡査部長〟と呼んだほうがいいのよね？　夫に会いに来たの？」

「ええと、その、あの――実は――ご迷惑でなければ、一、二分お時間をいただければと思いまして」

「歓迎すると思うわ。ずいぶん久しぶりね――最後に会ったのはジョン・アーサーが赤ちゃんだった頃かしら。ちょうどいまのイヴ・ジェラルディーンみたいに」

「いや、本当にいいんですか。警部にご迷惑では」

「大丈夫よ。数分待ってもらわないといけないけれど。いま入浴中なの」

「そうですか。なら出直します。まだ間に合うかと思ったもので――てっきりお休みになるのはもっと遅いと思っていました」

「ええ、あと数時間は起きているはず。寝る前の入浴じゃなくて、考えに行き詰まっている時の習慣よ。熱い湯に体を沈めるの。夫の話では、そうすると頭に上っていた血が引いて、思考が明確になるんですって。つま先でお湯の蛇口をずっと出しっぱなしにしてお湯の温度を保つの。とはいっても、わたしが風呂釜に燃料をくべ続けないと意味がないんだけれど。またくべないと。お湯が適温より下がったら、夫の頭の回転が鈍って名案が浮かばなくなってしまうわ。お願いがあるんだけれど――あなたが来たと伝えに行く間、燃料をくべておいてくれないかしら？」

「お安い御用です」アーミテージは応えた。

「大助かりよ。じゃあこれからやり方を見せるわ。とても簡単、燃焼が最大になるまで燃料をくべるだけ。特注の器械なの」

4

アーミテージを残したまま、キャスリーンはバスルームへ行った。「アーミテージ巡査部長が来ているわよ、チェビオット」

「アーミテージ？　こんな時間に？　何の用だって？」

「気を落ち着かせるためね、きっと」キャスリーンが応える。「ひどく自信をなくしているみたい。風呂釜に燃料をくべてって頼んだの。あなたにはなじみがないでしょうけど、単純作業は気が休まるから」

バーマン警部は勢いよくバスタブから出た。

「すぐに行ってやめさせるんだ。風呂から上がってアーミテージと会おう。報告内容が推理の足しになるかどうかは別としても。さあキャスリーン、彼を居間に通して強いウイスキーを出してやってくれ。そして、こう訊くんだ――いや、だめだ、アーミテージのことだからウイスキーをこぼしてカーペットを汚してしまうはずだ。それはきみも嫌だろうから、まず質問してからウイスキーを出してくれ」

「何を訊くんです？」

「こう訊くんだ、『コネティカット・ストリートから来たんですか？』」

「それでアーミテージさんは落ち着くの？」

「いや、むしろショック療法かな。優れた精神科医がよくやる方法で、効果絶大なんだ。わたしが行く頃にはアーミテージも正気を取り戻すだろう」

5

キャスリーンはアーミテージがジャケットを脱ぐのを手伝うと、居間へ案内した。「チェビオットはじきに来ます、もう風呂から上がってるから。待っている間、飲み物はいかが? ウイスキーは?」

「ああ、そ――それはありがたい。ぜひ、いただきたいです」

「よかったわ!」夫人は強いウイスキーをグラスに注ぐと、手渡す前にさりげなく言った。「ところで、今日はコネティカット・ストリートから来たんですか?」

アーミテージはあえぎ、やっとのことで言葉を発した。「コ――コネティカット・ストリートですか? でも、どうして――どういう意味です?」

「わたしにも何のことだか。ただ、そう訊くよう夫に頼まれたの」

見る見る青ざめるアーミテージに、夫人は慌てて言った。「さあ、まずは飲んで」グラスを手渡す。アーミテージは膝がふらつき、手がひどく震えてカーペットにウイスキーをいくらかこぼしてしまったが、夫人は大目に見た。

「それで、お答えは?」キャスリーンが尋ねる。「あなたが何と言ったか、夫に訊かれるかもしれないから」

それでもアーミテージは言葉なく、驚愕の眼差しを夫人に向けるのみだった。

6

しばらくしてバーマン警部がやってきた。顔も両手も血色がよい。

「やあ、アーミテージ」バーマンが叫ぶ。「どうかしたのか？　ルダル家で何かまずいことでも？」

「どうして――わたしがあそこにいたと思われるんです？」

「思ってなんかいない。事実を把握しているんだ」

「で――でも、まったく――いったいどうやって？」

「まあ座りなさい、アーミテージ。落ち着いたらどうだ。わたしを誰だと思っている。証拠に基づいて答えを導き出すのが仕事だ。今回について言えば、始めに一点事実をつかみ、それから二点、また二点と計四点の証拠を得た。始めの一点を説明すると、今週、官舎の部屋をきみと共有するはずだったのに、きみが姿を見せない、とチェンバーズ巡査部長が報告に来た。相当、心配している様子だった。同僚想いじゃないか？　きみが日中はわたしの配下にいると知っていたものの、夜に行方知れずなのが気になったらしい。チェンバーズから尋ねられたよ、大丈夫だと思いますが――声の調子はその逆だったな――アーミテージの居所を警部はご存じですか、と」

　アーミテージは言った。「それで警部の推測では――」

「推測などではないと言ったはずだ。そんなくだらないことで邪魔しにきたのか、アーミテージに直接訊けばいいじゃないか、とチェンバーズ巡査部長に言った。すると、やってはみたが、フラムでどうとか、とはぐらかされた、と応えた。そこで思い出したんだ、きみがルダル家に固執していたのを。

一家の住まいはフラムにある。それでミス・パルグレーヴの〝冒険〟も思い出し、彼女にできるなら自分も、ときみが張り合って――ちなみに、実に適切さを欠いた発想だ――ルダル家の下宿人になったと推測した。単純極まりない推理だ。のちにチェンバーズ巡査部長がルダル家の監視を提案した時に確信した。きみの顔を見ればすべてお見通しだよ、アーミテージ」

アーミテージは言った。「ま――まさか大事になるとは。何か証拠をつかめるかもしれないと思っただけで」

「なるほど。何かつかめたのか？」

「あの――具体的には何も、ダイヤモンド強盗については。ただ、ルダル家の貸し間で、前の下宿人が殺害されたのを突き止めました」

バーマンが両眉を上げる。「殺害だと？」

「はい。カーペットの血痕を見ましたし、その箇所からすると自殺とは考えられません。それにあの部屋で自殺するなら、喉を掻っ切るより楽なやり方がいくらでもあります」

「なるほど」バーマンは言った。「どうもわからなくなってきたな。詳しく聞かせてくれ」

7

アーミテージが報告し終えるとバーマンは言った。「なるほど。実に興味深い。こうして家に来たのは、ルダルを殺人容疑で起訴するためか？」

「まあ、そのようなものです。誰だかわからない人物に関しては二の次です。目下、その男に尾行されていますので」

「ほお？　証拠でもあるのか？」

「ほ——本能的にわかります。車に轢かれそうになった、と前にお話ししましたよね。その時は偶然だと思いましたが、いまでは、その車に故意に狙われたとわかります」

アーミテージはポケットから脅迫状を取り出した。

「ルダルから手渡されました。今日の午後、郵便受けにあったそうです」

バーマンは触れずに手紙を見つめた。

「ルダルが郵便受けで見つけたのではなく、彼自ら書いたと思ってるのか？　何か証拠は？」

「ルダルには今週ずっと脅され続けています。わたしを警官だと疑っていました」

「ほお、なかなか鋭いな」

「フラム・サッカー場の雑用係をしている、と自己紹介したんですが、ルダルは何かにつけて揚げ足を取って、まったく信用していません。下宿人殺害の捜査員としてわたしが来たと思っているのだと推測されます」

「きみの推測など、どうでもいいんだ、アーミテージ。事実にのみ興味がある。ルダルの殺害容疑を裏付ける証拠はあるのか？」

「状況証拠はごまんとあります。下宿人殺害、連日の脅迫、轢き逃げ未遂、そしてこの脅迫文。これらから一連の事象は偶然ではなく、ルダルが今後も決行を予定していると示しています。これで充分では？」

「いや」バーマンは言った。「わたしには不充分だ。別の推理は？」

「ありません。ですがキティーは――ミス・パルグレーヴのことです――ルダル家の一連の犯罪とは無関係な連中に尾行されていると考えています」

「ほお。ミス・パルグレーヴの推理はいつもながら興味深い――当を得ている時もあるからな。どんな推理だ?」

8

「なるほど」数分後にバーマンは言った。「一連の状況証拠は、きみのより弱いな、アーミテージ。よし、推理は後回しにしよう。わたしの命令なしにルダル家の捜査に乗り出した点について、申し開きはあるか?」

「いえ、そんな。いまとなっては。お――愚かな行為でした」

「わかっているならよろしい。実のところ、慎重を要する捜査ではあるが――きみの行動は稚拙だった。いっそミス・パルグレーヴに頼もうかと思うくらいだ。不審に思われたり、厄介事に巻き込まれたりしないだろうから。だが、きみはひとりでできると思った。そうだな、ここまでで虚偽の報告はあるか?」

「とんでもない。ありません」アーミテージは大真面目に言った。

「手の込んだごまかしや、四日も真実を打ち明けなかったことは虚偽に当たらないのか? なるほど。まあ、かえってよかったな――きみにとっては――すべてが明るみに出て。わたしとて、この居間では署のオフィスにいるように厳格にはなれない。妙なことだが仕方ない。きみに話したいことがあるから、もう一杯飲みたまえ」

「いや、警部——もう、そんな」

「好きにすればいい。さて、きみの推理はいまのところ、ひどく貧弱だ。脇が甘いのは深刻な問題じゃない。あと三十年ほど精進すれば、何らかの手ごたえをつかむ可能性もある。あいにく、わたしの老い先は短く、それほど時間がないから、この助言は役に立つはずだ。まず、自分の限界を知り、それ以上のことはするな。人に委ねることを学ぶ必要がある。きみには手に余ることでも、ほかの人にはできる。甘んじて任せるべきだ。それに、その自惚(うぬぼ)れをどうにかすべきだ、謙虚さを持て。そうすれば命令を待って従うことができる。独りよがりになるな。実はな、アーミテージ、いま話したことは誰の人生にも当てはまる。特にきみたちの年頃には。息子にもしっかり言って聞かせるつもりだ。よし、これくらいにしておこう。本当にウイスキーはいいのか？」

アーミテージは息をついた。「で——では、いただきます」

9

バーマンは再び脅迫文に目をやった。「当然、指紋は取っただろうな？」

「い——いいえ。忘れていました」

「けしからん。だが取ったところで残っていないだろう」

「見えるんですか？」

「そんなわけないだろう。これを書いた奴は、そんなへまはしない、隙のない人物だ。だから調べても仕方ない。きみはルダルが書いたと言い、ミス・パルグレーヴはフィリップ・ヤングなる人物が書いたと言う。ふたりとも見当はずれだ」

アーミテージは言い返さなかった。謙虚さを覚え、バーマンの助言に従うことにした。

「どちらでもないとわかるのは、彼らが関わったのなら、きみを殺す動機があるはずだからだ。この手紙を書いた人物は、きみが殺されることを望んでいない――ともかく、きみを狙っている人物ではない」

「そんなこと、これっぽっちも思いつきませんでした」

「差出人がきみを殺そうとしているとしたら、どんなつもりでこれを書いたんだ？　何の役に立つ？　これはきみに警戒を促しているだけだ。隙だらけで通りをうろつくのをやめさせ、身を守るために上司の元へ行くよう促している。きみは道路を横断する時には人一倍、注意するようになるし、間抜けな罠に注意するようになる。結果としてきみの殺害を実行に移すのが、より難しくなり、遂行しにくくなる」

「つまり――偽物？　誰かの悪ふざけですか？」

「いや、とんでもない」バーマンは言った。「これは入念な準備を経てきみに届けられた――見事なものだ」

アーミテージは言った。「すみませんが、さっぱりわかりません」

「きみを怖気づかせるためだよ、アーミテージ。そしてうまくいった、だろう？」

「というより、も――もう恐怖に震えました」

「そうだと思った」バーマンが言う。「いいか、最近きみに熱心に――命を守れ、とまではいかないが、『どこかへ行け』と言った人物はいるか？　評判が芳しくない、などと言われなかったか？」

アーミテージは答えた。「ああ、そういえば、います」

「署内には、わたしを単なる機械だと思っている者もいる。署員に興味がなく、周りで何が起きているか気づかない、と。見当違いも甚だしい、と言ってやりたいね。したがって、近頃きみが嫉妬されているのにも気づいているよ、アーミテージ。それも当然だろう――だが介入するつもりはない。重要なのは、きみが職務を全うできないほうが好都合な人物が存在する、ということだ」

「ええ、そう言われました」

「確かに。それできみは、非常に危険な状況だと実感したら、仕事を投げ出すかもしれないんだな」

「いえいえ。そうはなりません」

「わたしもそうは思わない。だがそうなるのを期待している人もいる」

アーミテージは言った。「でも、何だか――いや、決して投げ出したりしません。自動車はぼくを轢こうとしていなかった、と警部はおっしゃるんですか？」

「路面の凍結で制御不能になったのかもしれない。スピードの出しすぎの可能性もある。いまとなっては検証不可能だ。だがきみの負傷した手首を見て、経緯を聞いた限りでは――きみを殺そうとした意図は感じられる。それを具体的にしているのが、ルダル家の郵便受けに入っていた、きみ宛の脅迫文だ。『おまえも命拾いしたな。次は仕留めるぞ』。実に効果的な文言だ。それで、車の一件は偶然ではなく命を狙われたのだ、ときみは思い込んだんだろうが、実際には怖がらせようとしただけだ」

「すると――チェンバーズがルダル家の監視を提案した理由はそれですね。郵便受けに手紙を入れる機会を窺っていた」

バーマンは言った。「名前を出してしまったな、アーミテージ。あえて避けてたのに。だがここまで来たら、チェンバーズ巡査部長についてもっと訊かせてくれ。愉快な人物とは言えない。職務に問題はないが、警官としてはともかく、人間としてはどうも。きみをひどく妬んでいるな。わたしの〝個人秘書〟なのが気に入らないようだ。きみをえこひいきしていると思い込んで、自分を差し置いて昇進するのではないか、と気が気でないのだろう。すべてお見通しだ。ほかに何か言われたのか？」

かなり当惑気味にアーミテージは答えた。「ええと――ありませんよ、まさか。特に何も」

「なるほど。確か数分前に虚偽はやめると言っていたと思ったがな、アーミテージ。もっとも、この場合は仕方ないか。それに、そもそもきみの推理には疑念を抱いている。チェンバーズの思いつきそうなことは高が知れている。腹黒い男だからな」

「真っ黒ですよ」

「それは当たっているが、どうでもいい話だ。大きな問題ではない。チェンバーズが何を企んでいるか、わかりやすくなるくらいで。現状についてわたしの認識が正しいとわかっただろう？」

アーミテージは言った。「はい、警部。わたしは勘違いしていたんですね？」

「その通り。しかも相当に。すっかり相手の思う壺だ」

10

アーミテージは言った。「これからどうしたらいいでしょう？　署へ行ってチェンバーズを殴るとか？」

「これだから！　その手の類は禁物だぞ、アーミテージ。チェンバーズにこのまま気を揉ませておくのが一番だ。きみが脅迫文を受け取ったかどうかわからないはずだし、受け取ったとしても、本気にしたかどうかまではわかっていない。きみは何も起きていないふりをするんだ。心配そうな、怖がっている視線を向けてはだめだ。チェンバーズのことが気に食わないなら、態度に示していいが、殴るのはよせ。殺すつもりはないのだ、と肝に銘じるんだ。つまり、チェンバーズに関する限り心配には及ばない」

「寝室を共有するのは――少し難しそうです」

「共有したらそうだろうが、実際にはそうしていない。確かコネティカット・ストリートの家に下宿しているんだったな。前払いだったんじゃないか？　経費で落とせるかもしれない――もっとも経理が難色を示したら、金は戻らない可能性があるが」

「で――でもルダルの件は？」

「奴がどうした？　きみを殺そうとしていないのだから、よく言われるように、取るに足らない相手だ」

「お――おっしゃる通りです。ルダルを恐れてはいません、これっぽっちも。ですがルダルは人を殺していますし、わたしを嫌っているので――何があるかわかりませんよね？」

「いや、わかるとも。よくあることだよ、アーミテージ。本事件は想定内だ。それに実のところ、きみにはコネティカット・ストリートでの潜伏を続けてほしい。捜査に非常に好都合だから――ルダルから身を護るのをやめて情報入手に集中してくれ。特にマッケンジーが下宿していたか知りたい。その可能性はある。奴が犯行日の前の週、サッカー観戦をしたことは裏を取ったから、フラムに滞在していたかもしれない――そしてルダルは、マッケンジーがこの地域で連絡を取っていた唯一の人物だ。それを別にしても、マッケンジーが下宿していなかったのなら、ルダルと知り合った経緯を知りたい」

アーミテージは言った。「わかりました。任務を遂行します。ただ――マッケンジーはその週にルダル家に下宿はできませんでしたよ。わたしが下宿する直前の下宿人がマッケンジーなら、ルダルに殺されていたはずです。マッケンジーは生きているんですから、それはあり得ません」

「簡潔だな、アーミテージ。だが、それでも情報を得たいんだ。そのほかにも入手したいものがある――まず明日の朝、血痕のついたカーペットの切れ端を持ってきてほしい。もう帰ったほうがいい、夜も更けてきた。時間の短縮のためにノース・エンド・ロードまで車で送っていってやろう。そうすれば何食わぬ顔でコネティカット・ストリートへ歩いていける」

第六章　その後、就寝？

1

日付が変わる直前にコネティカット・ストリートの下宿に戻ったアーミテージを出迎えたのは、ミスター・ルダルだった。

「おやおや」唸るように言う。「てっきり死んだかと思ったよ」

「とんでもない。ピンピンしています」

「残念だ」ルダルは言った。チェンバーズが言いそうなフレーズだ。

ふと思いついて、アーミテージは尋ねた。「下宿人に死なれるのはよくあることなんですか？」

玄関ホールは薄暗かったので、ルダルの不意をついたかどうかは把握しかねた。

「あるわけないだろう」ルダルが応える。「夜中にうろつき回られることもない。例によってサッカー場でこき使われたと言うんだろう？」

「今夜は違います。友人と食事に行って、それから別の友人に会いに行ったんです。こんなに遅くなってすみません、つい話し込んでしまって」

「それはこっちにはどうでもいい。あと五分ほどで寝るつもりだったから、閉め出すところだった」

「ご一緒していたら興味を持ったはずです。話題は殺人犯についてでした」

「そうかい、ミスター・アーミテージ？　さぞ楽しい夜を過ごしたんだろう。さて、これだけは言っておくが、いまこの時点で殺したっていい顔見知りはいるが、どうでもいい。気にしてても、夜ずっと起きているわけにはいかないからな」

「良心が咎めませんか、ミスター・ルダル？」

「良心？　ふん！　ばか言うな。死んだほうがいい人間もいるんだ」

2

アーミテージは二階の貸し間へ向かった。ドアを開けた時、バーマン警部の家の心地よい居間とは対照的な不快感に襲われた。だが次の瞬間、気を取り直した。さらなる重要な役目があるからだ。十五分前、ノース・エンド・ロードで警部に言われた。「がんばれよ、アーミテージ。いいか――コネティカット・ストリートに戻すからといって、きみを危険に陥れるつもりはない。狙われてはいないんだから、心配には及ばないぞ」

その通りだ、それこそ――信用するに足る理由がある。バーマン警部が請け合うのだから、何の心配もない。信じさえすれば、気力がみなぎってくるはずだ。だが、本当にそうか？

当然ながら、チェンバーズやそのほかについてはバーマン警部は正しい。リリー・ロードで轢かれそうになったのは偶然で、脅迫文は単に質の悪い冗談だ。バーマンの言葉にしおらしくなったアーミテージは、その推理を信じたのだから、何の問題もない。もう危険に陥ることはない、というバーマンの言葉を頼りに心を落ち着かせた——脅迫がはったりなら大丈夫だ。

だがその後、ルダルと話をした。「いまこの時点で殺したっていい顔見知りはいる」というのと、「死んだほうがいい人間もいるんだ」これらはどう考えてもアーミテージを指していて、ルダルはアーミテージを消したがっているのではないか？

轢かれそうになったのは偶然だという事実と、脅迫文がチェンバーズの悪だくみだという事実は変わらない。だが、この数日間、ルダルが殺人を計画していた可能性はある。いちいち脅してくるのもそれが理由だ。顔を合わせるにつれ激しさが増している。いまごろは——ごく近いうちに——襲う準備が整っているだろう。

アーミテージは部屋の奥から椅子を持ってくると、ドアの取っ手の下に椅子の背を当てて置いた。それから一番重そうな置物を選んだ——ふくよかな娘が吸血鬼に喉を絞められている、ひどく趣味の悪い代物だ——いざという時には一番の武器になるだろう。それを握ったままベッドで寝たいくらいだった。ルダルに殺されそうになっても、その置物で顔を殴れば攻撃の手はぴたりと止むはずだ。

3

置物をベッドに寝かせて服を脱ぐ。ナイトテーブルに近づいたアーミテージは、伝言が書かれた紙切れを見つけた。「会いたいわ。キャロライン」

まず思いついたのは、父親の魂胆に気づいてこちらを警告するつもりなのだ、ということだった。

その可能性はある。一方、その思惑でないのなら、話はまったく違ってくる。昨日の朝、置き去りにされたのを、改めてアーミテージに訴えようとしているのかもしれないし、アスピリンを持ってきてくれた時にそうしたように、「あなたってよくわからないわ」と言いたいだけかもしれない。

いずれにせよ、どう対処したものか？　もうこんな夜更けでは、キャロラインの部屋へ行って用向きを尋ねるのも憚(はばか)られる。できないこともないが、そうしたところで伝言に緊急性がなかったら……それに、部屋のドアをノックするのを誰かに聞かれたら……そう、控えめに言っても、さらに説明しづらい状況になる可能性がある。おそらくルダル夫妻は昔気質だから、下宿人が娘の部屋に真夜中に入るのをよしとしないだろう。結果として揉め事となり、ルダルはためらいなくアーミテージを追い出すはずだ。

放っておけばルダルの思う壺となり――。

いまアーミテージはバーマン警部の指示に従っているのだから、逃げたり放り出されたりしたら、命に背いたとみなされるだろう。

だめだ、キャロラインの部屋へ行く危険を冒すことはできない。

4

アーミテージは紙切れをポケットに入れた――これで明日の朝ミセス・ルダルに見られないで済む。着替えを続けていると、突如として、血痕のついたカーペットの切れ端を取ってくるよう命じられたのを思い出した。ミセス・ルダルに訝(いぶか)しがられずに実行するにはどうしたらいいだろう。見当もつかない……キャロラインがいまひとつ信用できない状況では、親身になってくれるのは夫人ぐらいだ。切れ端を入手するなんてばかげた話だが、警部の指示は当然ながらアーミテージの利益のためではない。警部によると、アーミテージは自分本位だそうだ。いまこそ謙虚さを学ばなければ。自分の都合など二の次だ。バーマン警部がミセス・ルダルの管理するカーペットの切れ端を欲しいと言ったら、それは絶対なのだ。

そこでアーミテージはひざまずいて血痕を見た。小さな切れ端で警部は満足するだろうし、小さければ、椅子の脚で擦れてはがれたと見せかけられるだろう。ここから出ていけるかどうかは別にして、実行あるのみ。課題は、そのやり方だ。ナイフなしでどうやってカーペットを四角に切り取るか？ナイフなしでは無理、という結論に至った。キッチンから拝借し、後でこっそり戻す必要がある。もちろん、それ自体は難しくない――いまルダル家の人々は就寝中だ。物音を立てずに廊下を歩き、灯りをつけなければ、誰にも気づかれまい。

寝室の灯りが消えたのを念入りに確認してから、廊下に出てドアを閉めたアーミテージは、階段へ向かった。下の階では玄関ホールと居間にしか入ったことがなかったので、キッチンの場所をどう見つけたものか、と思ったが、ミセス・ルダルが湿らせた布を持ってきてくれた時に出てきた所がおそらくキッチンだろう、と踏んだ。暗い中、壁を伝っているうちにドアの取っ手に触れた。カーテンの開いた窓から差し込む、ほの暗い月明かりのおかげでキッチンにたどり着いたとわかった。上出来だ、後は入っている引き出しを見つけるだけ……ナイフは刃先の鋭いものを。

食器棚はそれらしい所にあったが、そばに行く前に立ち止まった。というのも、キッチンの奥のドアの下から灯りが漏れていたからだ。

そのドアが急に開き、気づいた時にはキャロラインと対面していた。食器洗い場の灯りで姿が影絵のように浮かび上がる。

今夜はナイトガウンを着ている。

キャロラインが言う。「あら、いつも予告なく現れるのね――会いたい時にはさっぱりなのに。こんな時間にどうしたの？　スプーンでも探しているのかしら。それとも指紋集めでも？　伝言を見て、わたしがキッチンに向かった物音を聞いて会いに来たとか？」

「実は、ナイフを探していまして」

「ナイフ？　いったい何のため？」

「ちょっと切りたいものがあって」

「それはわかるけど、何を？」

切りたくなりそうな代物をアーミテージは必死に思い浮かべた。「その、手首の具合がだいぶよくなったので、包帯が少しきついから、ナイフで切ろうかと思って」

「手首を？　やだ、それだけはやめて」

「いや、包帯を」

「それならナイフは必要ないでしょ、ほどけばいいじゃない。ねえ、ここに来た本当の理由は？」

参った、とアーミテージは思った。キャロラインがいなければナイフを手に部屋へ戻れたのに。

アーミテージは大きな声で言った。「あなたは何の用でここへ？」

「湯たんぽがあったら――温かいだろうと思って。かれこれ一時間以上よ、待ち続けて」

アーミテージはオウム返しに言った。「待ち続けて？」

「わたしからの伝言、見なかった？」

アーミテージは言った。「うっかりしていました！　あなたの部屋へ来るよう、言っているんだとばかり。違ったんですね？」

「部屋がどこか知ってる？　最上階にいるの、ひとりで」

「知りませんでした。知っていたとしても――」

「なら、ここで話しましょうよ、ふたりきりで」

アーミテージは言った。「ええと――何についてです？」

「あら、いくらでもあるでしょう。まずはあなたから。それから、わたしかな」

「そうですね。でも――」

「のろまなんだから」キャロラインが言う。「とにかく、部屋には来なかったじゃない？　その代わりにここへ来たのよね、ナイフを探しに。包帯を切るために。違う理由だってわかってるわ。何か手伝いましょうか――やかんのお湯が沸くのを待つ間」

キャロラインがアーミテージの手首をつかむ。「湯たんぽがあればあったかくなるわ、ベッドに戻っても」

ここへ来たのはナイフを借りてカーペットを切り取るためだ、とアーミテージは何とか思い出した。キャロラインとこんな至近距離では、それすら難しい。キャロラインに包帯をほどかれては、ナイフを借りる口実がなくなってしまう。何とか阻止しなくては。キャロラインの部屋の話題になっても――行くつもりは毛頭ないが――まだどうにかなる。話を続けていれば……楽しい話題でキャロラインを笑わせたら……手を放してくれるだろう。そうすればキャロラインを部屋に戻らせて、自分はナイフを探せる……。

アーミテージは言った。「今夜は暖かいほうです、湯たんぽは必要ないですよ」

キャロラインが微笑みかける。「そう思う？」

「いりませんよ。使ったことがありません。もともと血行がいいので。あなたはそうじゃないんでしょう。かなり冷え性（コールド）なんですか？」

「いいえ」キャロラインが身を寄せ、瞳を見つめてくる。「本気で冷たい（コールド）と思ってるの？」

「いいえ、そんな！」アーミテージの声が大きくなる。

まあ、若い女性とキスするくらいたいしたことじゃないし、きょうびの男はそんなものだ。アーミテージがほかの女性とキスするのをキティーだって知っている。実際に目撃しても気にしていなかった。


キスくらい、どうってことはない。

ベッドルームではなく、キッチンでする分には。

キャロラインがアーミテージの首に腕を絡ませ体を押しつける。キスの合間にキャロラインがつぶやく。「大好きよ、すっごく。いけないとわかってるんだけど。いい人じゃないし、いつも嘘ばかり――訳がわからない――そのせいで――気になっちゃうのよ。ばかだわ――好きになるなんて？　わたしも物好きね。どうにもならない。ねえ、わたしのこと好き？」

ぼくが？　アーミテージにもよくわからなかった。まあ、キスは気に入った――それは認めるし、目の保養にもなるが、だからといってキャロラインを好きかと訊かれると話が違う。何においても価値観が違う。一緒にいても退屈しそうだ。キャロラインはきっと――。

キャロラインが囁く。「ねえ、わたしのこと好きでしょ?」

「それはもう。かなり」アーミテージは応えた。

「かなり? それだけ?」

「かなりすごく」

それを聞いてキャロラインがさらに体を押しつけてくる勢いだったので、さすがに心配になってきた。この娘とは決して間違いを犯したくはない。この調子だと、もう少しすると、部屋へ行かないか、と耳元で囁かれそうだ。

まさに、ここがやめ時だ。

と、アーミテージの肘がガス台の上のシチュー鍋に触れた。はっとひらめき、鍋を少しずつ押した。キスを続けながら肘で鍋を押し続ける。とうとう鍋が落下し、すさまじい音がした。

キャロラインはすぐに体を離して叫んだ。「どうしよう! とうさんに聞こえたら、すぐ下りてくるわ。何で落としたの?」

「肘でひっかけてしまったんです。まあ、誰か下りてきても、あなたは湯たんぽを、わたしは包帯をどうにかしたくてキッチンへ来て、たまたまタイミングが同じだった、ということでいいのでは?」

そうであってほしい、とアーミテージは願った。ミスター・ルダルが疑ったら――いや、あいびきにキッチンなど選ばない、と思ってくれるだろう。そう、それで丸く収まるはずだ。もっともミスター・ルダルが来ないに越したことはないが……少なくとも、キャロラインがまた迫ってこないだけましだ。もし迫ってきたら、誰か来るかもしれない、と説き伏せる必要がある。

アーミテージは耳を澄ませた。上の階から人が下りてくる気配はない。少し気が緩み――それでも、キャロラインを笑わせることができるなら、そのほうがいいと思い——こう話しかけた。「もし誰かに見つかるとして——真夜中のこの時間は、かえって好都合ですね。顔にあなたの口紅の跡がつきませんから」

キャロラインは笑わなかった。こちらなどそっちのけで、不安そうに耳を澄ましている。と、突然、上の階で物音がした。誰かがベッドから飛び起きたらしい。そして重々しい足音が続いた。

キャロラインはガス台を向き、やかんと湯たんぽを手に、そわそわしている。アーミテージは引き出しに近づいた。キャロラインからできる限り離れて、背を向ける形になった。これで、ふたりの間には何もないとみなされるだろう、とアーミテージは思った。

引き出しを開けてナイフの鋭さを目で確かめる、とミスター・ルダルがやってきた。ナイトローブを着ず、パジャマ姿だ。ドア口に立って鋭く言う。「ここで何をしているんだ、えっ？」

キャロラインが言う。「あら、とうさん、起こしちゃった？　本当にごめんなさい。湯たんぽを取りにきて、鍋を落としちゃったの」

「ふん。それでこの男は何をしているんだ、こんな夜中に？　何を企んでいる、えっ？　この男がここにいるなんて、実に笑えるじゃないか」

キャロラインに任せるのは難しいと思い、アーミテージは口を開いた。「奥様に巻いてもらった手首の包帯です、ミスター・ルダル——少しきつくて。切ろうと思ってナイフを借りにきました」

説明の裏付けも必要だと思い、引き出しから切り盛り用ナイフを取り出した。「これがちょうどいいようです」そして付け加えた。「もちろん、お嬢さんとたまたま同じタイミングになったんです」

ルダルがにらみつける。「どういう意味だ？　もちろん偶然だろう。そうじゃないと誰が言った？　きみがいるから娘が下りてきたと言うつもりじゃないんだろう？」

「も、もちろんです。それに、ぼくもお嬢さんがいたから来たわけではありません。寝つけなくて包帯を巻いた箇所が痛いから来たんです。それだけです。たまたま、ここで会ったんです」

ルダルは言った。「言い訳もそのくらいにするんだな。口から出まかせだろう。何をしているんだ？　娘に何かしようとしていたのか？」

さらに裏付けを示したほうがよさそうだったので、アーミテージは包帯をした手首を突き出した。「見てもらえば、きついのがわかるでしょう。寝つけなかったし、結び目をほどくのも難しかったので、ナイフをお借りできればと——」

アーミテージは途中で言葉を呑み込んだ。包帯の結び目のすぐ下に赤いものがついている。キャロラインが爪を立てた時にはげたマニキュアがついたに違いなかった。ルダルがまじまじと見ている。

アーミテージは慌てて付け加えた。「実は、さっき手首をぶつけてしまって、少し血が出ているんです。だからどうにかしないと、と思って」

これ以上ルダルにじっくり見られないよう、左手をナイトローブのポケットに入れるのと同時に、何とかナイフも入れることができた。

「きみの手首など知ったことか」ルダルは言った。「そんなことを訊いているんじゃない。簡単な質問に素直に答えられないのか？　ここで娘と何をしていた、と訊いているんだ」

反撃再開だ。「ぼくをどう思おうとかまいません、ミスター・ルダル。でもこれだけはわかってください、キャロラインさんはそんな人ではありません。わたしが父親の立場なら、疑ったことを恥じるでしょう」

ミスター・ルダルは言った。「ふん」しばらくして、また「ふん」と言った。そしてこう続けた。

「用が済んだら、さっさと戻ったほうがいいぞ、キャロライン。きみもだ、ミスター・アーミテージ。これ以上、言い訳はごめんだ。おまえたちが夜中にうろうろしているのは許さないぞ、いいな？　この家から出てゆくまで上の部屋にいること、それだけ覚えておけ――わたしの家の中をうろつけると思ったら大間違いだ、その権利はないと思え。居間へは入ってほしくないし、キッチンもほかの部屋もそうだ。きみの姿を見なければ見ないほどいいんだ、言いたいことはそれだけだ」

5

ミスター・ルダルは重い足取りで階段を上がり、その後ろにキャロラインが、そのまた後ろにアーミテージが続いた。二階の自分の部屋に入ったルダルは、音を立ててドアを閉めた。キャロラインは廊下を進んでクラレンスの部屋とアーミテージの部屋を通り過ぎ、振り返ることなく屋根裏部屋へ続く階段へ向かった。

アーミテージは部屋に戻り、無事に終わったことに感謝した。自分で自分を褒めてやりたかった。出まかせで急場をしのぎ、キャロラインからもルダルからも逃げおおせた。それにナイフも手に入れた。

椅子を動かしてからカーペットを見下ろし、どこが切り取るべき血痕の箇所なのかと思案していた時、ドアを静かにノックする音がした。

しまった！　またキャロラインが来た。ほかに誰が来るだろう。

アーミテージはパニックに襲われた。椅子を取っ手の下に置いていなかった。返答をしなかった。ドアを開けるつもりはない。でもキャロラインが入ってきたら――

ドアが開く。キャロラインはナイトローブの腰帯がほどけていたので、ネグリジェが丸見えだ。それに均整の取れた体のラインも。そして目はきらめいている。人差し指を唇にあてて、静かにして、と示し、アーミテージに手招きした。

アーミテージは言った。「いや、だめです。その――ええと、ごめんなさい、無理です。本当に」

キャロラインの瞳からきらめきが消え、険しさが取って代わった。ゆっくりと近づいてくる。アーミテージは展開をわかりかねて後ずさりした。キャロラインは至近距離まで来ると、突然、片手を上げてアーミテージの頬を平手打ちし、部屋から出ていった。

6

アーミテージはベッドの端に座り、心の中で自分をなじった。見下げはてた男、どうしようもない奴だ。

若い女性とキスするくらい、たいしたことじゃないし、きょうびの男はそんなものだ、と思ったまではよかったが、あのキスは――長かった。もちろん、頬にならーーいくらでもしていい。だがキッチンでキャロラインとしたキスは――まったく次元が違った。思い返すと、あのキスはベッドルームでするキスに至る、その半ば――いや、もっとかもしれない――まで進んだのは否めない。キャロラインがそう思ったのを責められない。

だとしても、はっきりしているのは、キャロラインが尻軽、あばずれでしかないということだ。アーミテージが「いいえ、そんな」と言ったところまではよかったが、キャロラインが興奮してからがまずかった――受け入れてその気にさせ、アーミテージも同じことを望んでいると思わせてしまった。まったく見下げはてた男だ、そう、どうしようもない奴なのだ。

もうドアを気にする必要はない。キャロラインは戻ってはこない。当てが外れて怒り心頭に発しているだろう。

キティーに合わせる顔がない。ありがたいことにキティーは身持ちが堅い。ずいぶん前に、結婚するまで待とうと決めたのだが、いまはとにかくそうしておいてよかった、とアーミテージは思った。まったく、素行の悪い娘たちには困ったものだ。

というより、娘たちの周りにいる男性のほうが困りものなのか。

アーミテージはひざまずき、ナイフでカーペットを突き刺した。いまこの瞬間、自分の胸にナイフを突き立てたいくらいだった。

第七章　確実な出口

1

翌朝目覚めたアーミテージは、キャロラインと会わずにここから出ることだけを望んだ。できればミスター・ルダルと会うのも避けたかった。

朝食を急いで済ませて一階へ下りる。玄関ホールにはクラレンスがいた。「おはよう。あなたとキャロラインのせいで、とうさんとかあさんは夜中に起こされたって聞きましたけど、ねえさん、また、しでかしました？」

「しでかす？」

「とぼけちゃって。ねえさんは下宿人が大のお気に入りなんです。ぼくには言わないけど、ずいぶん目撃しましたから見当はつきますよ。ねえさんを気に入りました？」

とにかくクラレンスは気に入らない、アーミテージはそう結論づけた。大人になったら第二のチェンバーズ巡査部長になる！

マッケンジー事件の捜査員としてバーマン警部の命を受けて来ていたのを思い出し、アーミテージは言った。「もちろん、誰だって気に入るはずですよ。いままで下宿していた人にも、そういう人がいたんでしょう?」

「さっさと出ていった人も何人かいましたよ。どう取るかによるんでしょうね。もっとも、下宿人が出ていくと、かあさんは部屋が気に入らなかったからだろう、と思うんですけどね」少年はにやにや笑った。「何で出ていくのかと言えば、怖いんですよ。ぼくは女性に怖気づいたりしませんけど、人によっては無理なんでしょうね」

アーミテージは言った。「そうとは限らないんじゃないかな。下宿している理由がなくなった時に出てゆくんだよ。そういえば、マック何とかという下宿人はいたかい? 最近来て、一、二週間で出ていかなかったかな?」

クラレンスは首を横に振った。「この前の下宿人はスミスだった。その前はトンプソンと言って、四か月いて――ねえさんとお楽しみのようでしたよ、喧嘩別れするまでは。あなたはどれくらい、いるつもりですか?」

「どうかな」

「じゃあ、まだ怖くないんですね。あなたも夢中になる口でしょう。積極的なんですね? いいですよ、ぼくのことは気にしないでください。かあさんに告げ口するつもりはありませんよ」

2

その日の朝、ロンドン警視庁でバーマン警部が言った。「で、アーミテージ? わたしの言った通りだったかね？　昨夜は危険な目に遭わなかっただろう？」

「ええ、特には。ミスター・ルダルに殺したいと言われ、その後、彼の娘からベッドに誘われたくらいです。それ以外には特に何も」

「なるほど。どちらもきみの誤解ではないんだな？」

アーミテージは笑った。「これっぽっちも。平たく言えば、あの父と娘は似たり寄ったりです」

「なるほど」バーマンは一瞬ためらってから言った。「どちらが厄介か教えてくれないか、アーミテージ？」

「とにかく、どちらに対しても裏をかくことができましたので――どうにか、いまのところは」

「それを聞いて嬉しいよ。ミス・パルグレーヴも同じ思いだろう。何か収穫はあったか？」

「カーペットを採取しました。どうして必要なのか聞いていませんでしたが――この大きさで足りますか？」

「ああ。それとマッケンジーについては？」

「マッケンジーはルダル家に下宿していたとは考えにくいです。直近の一週間に下宿したのはスミスという男で、その前の人物は四か月いたそうです」

「マッケンジーが本名を告げたと思っているのかね？」

「そうは思いません。ただスミスと名乗っていた人物はあの家で死亡しました」

「ほう、なるほど。となると、話は複雑になるな。いいか、アーミテージ、昨晩コネティカット・ストリートに戻ってもらった理由がわかるか？」

「カーペットの切れ端を入手したかったのと、マッケンジーについて知りたかったからです」

「確かに。だがほかにも理由がある。きみはルダルに対する想像をたくましくして、殺されそうだと思った。気が動転してしまったんだろう――警官にとってはもっとも望ましくない状態だ。ルダルに危険性はないと判断したので、きみには恐怖に立ち向かって彼らを出し抜いてもらうために下宿に戻した。部分的には目的を果たしたようだな。とにかく、わたしの命において下宿を続け、ルダルに再び脅されても出ていかなかった。脅しを受けた後でも弱気にならず、一人前の男として平静を装った――さもなければ、ミス・ルダルはきみに魅力を感じなかったはずだ」

アーミテージは言った。「いや、確かに頑張り通したと思います。ですが、キャロラインにとって、さほど違いはなかったと思います。あの娘は尻軽でして」

「そうだとは思っていた」バーマンは言った。「だがプロの娼婦ではないな、アーミテージ。それにその手の素人連中は――とにかく、きみがよく遭遇する積極的な若い女性たちは――きゃしゃで男らしくない男性には、普通なら誘いかけないものだ。となると、きみには何らかの男らしさがあるようだな。どうだね？」

アーミテージは赤面した。「いや――あの、そう言われましても、考えたことがありませんので」

「図星のようだな、アーミテージ。とにかく、きみを下宿に戻した成果があったわけだ。いいんだよ。パニックが治まり、警官と名乗れる、とわざわざ証明する必要もない。さて、マッケンジーが先週コネティカット・ストリート界隈にいたというさらなる証拠を入手している。さらに入手して、潜伏先がルダル家だったと確定させたい。つまり、マッケンジーとルダルの関係について、まもなく公表できるだろう。そうなれば、きみには潜伏してもらうより、周囲を調査してもらいたい。そのためには、下宿を出て官舎へ戻ったほうがいい。今夜中に荷物をまとめて出ていくんだ」

アーミテージは安堵して言った。「警部、それはありがたいです」

「なるほど」バーマンは言った。「ミス・ルダルからまだ誘惑される可能性がありそうなんだな?」

「いや──どうでしょう。実は、誘いを断ったら──その、平手打ちされました。自分が礼儀知らずな男と思えて、ひどくばつが悪かったです。でも、どうしても──」

「よかったら細かい説明なしで頼む、アーミテージ。宿舎ではチェンバーズ巡査部長と相部屋だが、下宿よりはましだろう。それにミス・パルグレーヴもわたしと同じ意見だと思う」

3

その日の夕方、バーマンはオフィスにアーミテージを呼び、こう伝えた。「耳寄りな情報がある、アーミテージ。フラム管轄の検視官に電話で確認したところ、コネティカット・ストリートのルダル家では、この二十年間誰も死亡していないそうだ」

「えっ、でもクラレンスの話では──」

「それは訊いた。カーペットのシミが血痕だと聞いたんだったな。だがそれは違う。きみが入手したカーペットの切れ端を鑑識で調べたところ、検出されたのはインクの成分だった。つまり、十六歳の少年に一杯食わされたんだよ、アーミテージ。うかつだったな」

「いや、そんな!」アーミテージが叫ぶ。「でも、話が合っていたんですよ──ルダルの話とすべて合致したんです」

「きみはそう考えたんだろうが、わたしは違う。それに、ルダルと死亡者との関連性はない、という事実を認めることだ。ルダルに対する考えを改めるんだな、殺人犯ではないんだから」
「それにしては思わせぶりですよ。現にぼくを殺す気満々でしたし、実際そう言われました」
「本気じゃなくても威嚇する質なんだろう」

4

アーミテージは下宿で荷物をまとめる必要があったが、フラムへ向かった。コネティカット・ストリートへ行くという憂鬱な時間を先延ばしできるよう、夕食をとりに行った。そうと決まれば、行くのは〈笑うオオハシ〉だ——ほかのレストランよりゆっくり料理が出るからというよりは、フィリップ・ヤングに会いたかったからだ。

会いたい特別な理由があるわけではなかったが、誰かと話したかった。

いつもならキティーと話したはずだが、いまは——女性にもてる気分を味わったのを隠して——気兼ねなく話すのは無理だったので、気楽に話せる相手が欲しかった。そういう意味ではヤングに分がある。人当たりがよくて分別があるのに加え、ヤングはいわば部外者だ。アーミテージが口を開いた時に話題にせずにはいられない、バーマンやキャロラインやそのほかの人物とも親しくない。

確かに、ある推理では——キティーによると——ヤングは自動車で轢き殺されかけた時の共犯者ではある。だが、違う、といまは断言できる。脅迫状と同様、自動車の件は関係ない。だからキティーの推理をもってしても、ヤングを容疑者リストに載せることはできない。ヤングはあくまでも通りすがりの人で、憂さを晴らすのにうってつけなのだ。

5

アーミテージは注文を済ませると、ヤングが来るのを待ちわびた。どうしても気分転換したい。お待ちかねのヤングは、やってくると向かいの席に座って言った。「昨日は会えなくて寂しかったですよ」

「人と会う約束があったんです。実は――その――」

いくら何でも急に話し始めるのは難しい、とアーミテージはすぐ気づいた。部外者であっても、この手の話はしにくいものだ。それでも、あえて切り出した。

「実は最近ひどい目に遭いまして」アーミテージは言った。「穴があったら入りたいくらいです」

「皆そんなものですよ」

「ぼくは想像力がたくましすぎるようです、バーマンによると」

「バーマンというのは？」

「警視庁のぼくの上司です。ぼくが車に轢かれそうになったことがあったでしょう？　翌日の夜には脅迫状が届いたんです。『おまえも命拾いしたな。次は仕留めるぞ』とあって、生きた心地がしませんでした」

ヤングが口笛を吹く。「誰だってそうですよ。職業柄、そういう目にたびたび遭っているんでしょうね。誰かに狙われていると思っているんですか？」

「ええ、始めはそう思っていました。でも、バーマンに言わせると、脅迫状は単なる悪ふざけだそうです。でも猜疑心が強くなると、会う人が皆、殺人犯に見えてしまうんですよ。特に、下宿の大家なんて本当に。別に嫌っているわけではないんですよ、ただ乱暴な人でぼくを嫌っていて――もっと言えば、憎んでいるのかな――、脅迫めいた言葉を投げかけてくるくらいなんですけど。バーマンによると、深い意味はないらしいので、たいしたことないんですがね。とにかく、いまは冷静になろうとしていますよ、大家に関する件では」

「脅迫状が悪ふざけだと、どうやって知ったんです?」

「バーマンがそう言いましたから」

「確かにその人はそういう意見なんですね。素人のわたしの意見など、取るに足らぬものでしょう、気にしないでください。上司の言葉を信じるところを見ると、ずいぶん信頼しているんですね。わたしがそんな手紙を受け取ったら、上司の言葉だけでは落ち着けませんね。それに――その下宿で、すでに殺人があったと言いませんでした?」

「それがまた情けない話でして。騙されたんですよ。血痕だと聞かされたんですが、そうじゃなかったんです」

「それは大変でしたね。それでも、わたしがあなたなら、上司の言葉を真に受けないと思います。いまのうちに下宿を出たらいかがです?」

「実は今夜そうする予定なんです」

「よかった。それを聞いて安心しました。それなら何に悩んでいるんです?　あなたが仕事を投げ出すと上司に思われるとか?」

「いや、違います。上司は切れ者ですから。でも――ひどい目に遭った、と前に話しましたよね?

参りましたよ。若い女性がいるんです、ルダルの娘が。すごい美人ですが尻軽で、ひどいものです」

ヤングが言う。「へえ？　いいじゃありませんか？　楽しめたでしょうに」

「それはもう、存分に楽しめたでしょうが——その、将来を約束した女性がいるので」

「いや、いいじゃありませんか。いまはお堅い時代ではありませんよ。男性は複数の女性と楽しむ権利が与えられていますから——手ほどきを受けることで後々、役に立つでしょうし」

「まー——まあ、そうでしょうけど。それは少し偏った見方ではないですか」

「あなたは違う、と？　そうなんですか？　それはそれでいいですよ、あなたがそう思われるなら。すると、その娘さんとは何もなかったんですか？」

「ええと、その——精一杯、抵抗したつもりだったんですが、少し魔が差しまして。相手をその気にさせてしまったんです」

「聞いている限りでは、気に病む必要などないんじゃないですか。だって、相手は気にしないでしょうから——尻軽なら」

「でもその後で相手を拒絶してしまったんですよ、そうするしかなかったんです。先へ進む——その気がある——と思わせてはいけなかったので、最後の最後に拒絶しました。案の定、嫌われて平手打ちを食らいました」

「そんなの気にしないことですよ、アーミテージさん。そういう娘さんなら、明日のいまごろは別の人とお楽しみでしょうから」

「確かに」アーミテージは言った。「たぶん次の下宿人とね、次の人が見つかりさえすれば。それについては気にしていません。でも——袖にした相手に憎まれるのは嫌なものです。少なくとも、わたしはそうです」

「女性経験が少ないとお見受けしますね、アーミテージさん。その娘さんに憎まれているように感じるでしょうが、実際には腹が立っただけだと思いますよ。下宿を出る口実ができてよかったじゃないですか。さもなければ、もっと厄介事に巻き込まれたかもしれないんですから」

「相手に憎まれるせいで?」

「〝腹立ち〟のせいで。人は鼻であしらわれた時、また不愉快な思いをしたくないなら、次の機会に相手を大切に扱うくらいしか解決策はありませんね」

アーミテージは言った。「へえ。すると――相手はまた迫ってくるんでしょうか?」

「聞いた感じでは、いまごろ相手は、あなたをその気にさせる術を心得ているはずです。その場合、〝腹立ち〟を解消するには平手打ちではなくて、さらにモーションをかけたほうがいい、と考えるかもしれません……あなたを思う通りに操るために」

アーミテージは言った。「参ったな! まさにバーマンの言った通りです。下宿から出るよう命じられたのも、そのせいですよ」

「だとすると、その娘さんにあなたが屈しないでいられるか、上司の方はあまり信用していなかったんでしょうね」

「確かに。あなたには素直に打ち明けていますが、ほかの人にはとてもとても。自分に自信が持てません。あの娘さんは見目麗しくて――その気にさせる術を心得ているんですよ、わかってもらえるでしょうか」

ヤングがいかにも同情する様子でうなずく。「わかりますとも。結局、人はそういうものです。道徳やフィアンセや何かを思えば誘いに乗りたくないでしょうが、強く迫られたら抵抗できないかもしれないと思っている。それで悩んでいるんですね？　なら、下宿を出るのはラッキーでは？　下宿からあなたを抜け出させる判断力が上司にあるのも幸運です。あなたが相手の誘惑に屈すると思われて心外なのはわかりますが」

「いや、具体的にそう言われたわけではありません」アーミテージは言った。「上司の下で、別の分野の捜査を担当してほしい、それには下宿から出たほうが捜査しやすい、と言われたんです。でもそれは方便で、わたしが愚かな真似をしないよう願ってのことでした。そこがバーマンの立派なところです。嫌味な時もありますし、短気でもありますけど、こちらの心情を汲んで手を差し伸べてくれます。得難い人物です」

「いい上司を持って幸せですね」ヤングが言った。「それにしても、下宿を出るのは正解でしたね、アーミテージさん。その娘さんの様子では、あなたに狙いを定めて——」

「狙いを定めて？」

「わかるでしょう、あなたを傷つける、ということですよ。娘さんは別にしても、脅迫する父親とか。あなたの上司は確かにすばらしい人ですが、脅迫状を悪ふざけとみなしたのは少し軽率だったと思います。結局、それが間違っていたら、そのつけが回るのは上司ではなく——あなたですから。要するに、下宿から離れるに越したことはありません」

「そうするつもりです」アーミテージは言った。「ものの三十分もあれば。すぐにでも荷物を持ち出したほうがよさそうです」

6

下宿の玄関ドアは半開きになっていた。アーミテージは中に入り、荷造りのためにそのまま二階の部屋へ行こうとしたが、居間のドアが開き、ルダルから声をかけられた。「おい！　こっちへ来てくれ。ちょっと話がある」

「もう出ていきますよ。荷物を取りに来ただけです」

「ほう、そうか？　われわれのもとから去るのか？　そうすんなりと行くかね？　こっちは少し話があるんだ、来てくれないか？」

アーミテージは渋々居間へ向かった。家族揃ってテレビ鑑賞中だったらしい。

「テレビを消せ」ルダルが言った。

「わたしのためなら、いいんですよ」アーミテージは言った。「気になりませんから」

その言葉を気に留める者はいなかった。一家は半円を描くようにして座っている。右端にキャロライン、次にクラレンス、そしてミスター・ルダル、そして左端がミセス・ルダル。ミスター・ルダルが演説を始めるかのように立ち上がる。キャロラインはテレビがまだついているかのように、まっすぐ前を見据えたままだが、その頬は赤く染まっている。

ミスター・ルダルが言う。「で、出ていくつもりなんだな？　そうしてくれれば、やれやれだ。だが、借りた金はどうするつもりだ？」

「一週間分、前払いしましたよ」

「それは下宿代と朝食代だ。破損箇所はどうする？　ずいぶん部屋を傷めてくれたものだ」

ミセス・ルダルが涙ながらに言う。「何故あんなことをしたのか理解できないわ。あなたに居心地よく滞在してもらうために部屋を整えたのに。カーペットは二十年ほど使っていて、ずいぶん擦り切れているけれどいい品なのよ。残念です、あんなことをするなんて」

「きみはどうかしている」ミスター・ルダルが言う。「カーペットを切り取るなんて、それもわざと。しかもうちのナイフで。だから昨日の夜、ナイフを探していたんだな。まあ、あんなことをした理由はわからないし、それはどうだっていい。とにかくカーペットを台無しにしたのだから、四十ポンド払ってもらおう」

アーミテージはあえいだ。「四十ポンド？　ばか言わないでください」

「取り替えなきゃならんからな？　カーペットなしで、かみさんがどうやって部屋を貸せるんだ、えっ？」

「いまだってカーペットはありますよ。ついていたシミを隠すように、肘掛椅子が置いてありました。これからも椅子の脚で穴を隠せます」

「いや、それはだめだ。うちのカーペットに穴などあってはならない。だから四十ポンドだ、ミスター・アーミテージ。新品を買わねばならん」

「四十ポンドなんて持っていません。持っていても支払うつもりはありませんよ」

「手持ちがないのか？　それなら目にものを見せてやる。訴えるぞ？　悪意ある損壊が行われたとみなされるのは明らかだ。それに皿も壊したじゃないか。支払うまでここから出られると思うな。クラレンス、玄関に行ってドアに錠をかけて、鍵をわたしに渡すんだ」

これでは手も足も出ない。だがルダル家とて、アーミテージをずっと家に閉じ込めることはできない。一家だって明日は出かけるだろうから、その合間にそっと出ていけばいい。むしろ引き留めようと必死になる一家を見たいくらいだ。だが今夜は滞在することになりそうだ。先が思いやられた。

アーミテージはキャロラインに目をやった。ちょうどキャロラインも顔を上げてこちらを見ていたところで、すぐに視線を落としたりはしなかった。微笑もせず、誘いかける様子もない……その代わり、何か計画している――そして脅している――ような表情だ。驚くことに、それがすこぶる魅力的で、思わずキスしたくなる。

アーミテージはミスター・ルダルに言った。「こちらだって監禁されたと訴えることができますが、その危険を顧みないとおっしゃるなら、一晩くらいつき合いますよ。わたしから金を取ろうなどという甘い考えはやめることですね」

そしてアーミテージは二階へ向かった。

7

部屋のドアを開けた時、アーミテージは衝撃を受けた。カーペットがはがされて、床板が剝き出しになっている。ナイトテーブルやさまざまな磁器の皿も回収されている。それに肘掛椅子もない。つまり心地よさを見せかけていた品々はことごとく消え、ベッドだけがあり――居心地の悪さを強調していた。

アーミテージは部屋の様子をどう解釈すべきかわからなかった。悪意がある、とも取れるが、さらなる損壊を避けるため、とも取れる。ともあれ、気が滅入ったのは確かだ。

カーペットの件で夫妻が怒ったのはうなずける。バーマンの命に従って切り取った分については弁償すべきだ——だが四十ポンドは法外で、ばかげている。とにかく、このひどい部屋で一晩を過ごし、夜が明けたらどうやって出てゆくか、考えなければならない。そういえば、朝食は用意してくれるだろうか。

ドアの取っ手の下に椅子を置く必要がある。キャロラインに対するバーマンの見解に、フィリップ・ヤングが全面的に賛同していたのを思い出し、アーミテージは少し不安を感じた。バーマンやヤングが正しければ、キャロラインは何かしら——もはや情熱ではなく、冷静な判断から、アーミテージに屈辱を与えて仕返しするかもしれない。キャロライン自身に危険が及ばないやり方だろうが、具体的には思いつかない。ただ、あの眼差しからすると、意趣返しの類を考えているはずだ。もうキャロラインの部屋へ誘い込もうとはしないだろう。だが、夜にアーミテージの部屋に来て、親密さを装って接し、アーミテージがキスをしてくるよう促す可能性はある。そして実際にその流れになったら、手の平を返して騒ぎ立て、父親が乗り込んでくるようにし……キャロラインは襲われそうになったとアーミテージを非難し……とも、なりかねない。

アーミテージはドアの取っ手の下に置く椅子を探したが、それすら撤去されている。

一瞬、恐怖に近いものを感じた。

ミセス・ルダルにとっては、寝室の硬い椅子を撤去してもしょうがないだろうに。そもそも心地よくなかったのだから、なくても意味はない。だが、ドアを押さえるために使うのではないか、とキャロラインが推測していたとしたら……椅子を撤去したのはキャロラインかもしれない。アーミテージの行動を見越して、部屋にキャロラインを入れさせないようにする手段がなくなるように……その場合、必ずここへ来るつもりなのだ。おそらくもっと遅く、両親や弟が寝ついてから。キャロラインはドア口にやってきて誘惑するのだろう。もはや気分的にも物理的にもその気はないのに、アーミテージを困らせる計画の一部として。

アーミテージはなす術もなく部屋を見回した。ドアを閉じておく物は見当たらない。このままだと、キャロラインを拒絶できなくなるだろう。

一階へ下りることはできる。玄関ドアから出るのは無理だとしても、居間の窓からなら脱出できるかもしれない。だが、それも一家が就寝してからでなければ意味がない……そして機敏に動く必要がある。女性がネグリジェに着替える間しか、時間がないかもしれないのだから。

そこでアーミテージはスーツケースに荷物を詰めて待機した。真夜中に一家が一階から上がってくる音が聞こえた。

いい頃合いまで待つと考えたものの、アーミテージは不安になった。早すぎては、遅すぎるのと同じくらい悲惨な結果となる。そして一階へ下りたアーミテージは、ミスター・ルダルが想像以上に賢いと気づいた。玄関ホールに面するドアにはすべて錠がかけてあり、鍵は持ち去られていた。

いまのように手首を痛めていては、排水管や、シーツを結んでロープ状にしたものを頼りに、二階から伝い下りるのも難しい。窓の下枠を片手でつかんで地面に下りるのも軽率だ。つまりアーミテージは、二階の部屋の窓から飛び降りるしかなかった。着地した時の衝撃は——幸いにも小さな前庭の花壇で、敷石ではなかったが——ひどく大きかった。

アーミテージはほどなく気づいたのだが、部屋のベッドを入口まで移動させれば、ドアも押さえられたし、安心して眠ることができたのだった。

第八章　準備はいいか？

1

　アーミテージが官舎に着いたのは、夜明け前だった。

　ふたり部屋に入ると、チェンバーズ巡査部長が目を覚ました。「いったい誰だ？　ああ、アーミテージ、おまえか。追い出されたのか？　いや、何も言うな、これっぽっちも興味はない。ただ、ここで寝るつもりなら静かに頼む。暗くても着替えられるだろう。灯りは眩しいから勘弁してくれ」

　初めて使う部屋で暗い中ベッドに向かうのは本当に難しいものだが、とにかく喧嘩は避けたかったので、アーミテージは灯りを消して手探りで進んだ。予想外の所にあるナイトテーブルにぶつかって、へアブラシを落としてしまった。と、毛布の下からくぐもった悪態が聞こえた。

「うるさいぞ、アーミテージ！　来るなら、もっとましな時間に来られないのか？　おまえはどうだか知らないが、おれは眠りたいんだ」

「悪かった。できたら早く来たかったんだ。実は、ここへ来るために二階の窓から飛び降りなきゃならなかった」

チェンバーズは返事をしないことで興味のなさを示したが、数分もするとベッドに起き直って言った。「おまえがいると寝つけない。象の大群並みにうるさい奴だ。おまえの寝る準備ができるまで、話し相手になってやるよ。御大(おんたい)にいったい何を吹き込んだんだ?」

「何のことだ?」

「知らないふりはよせ。昨日の夜、この部屋に戻った時、バーマンに言われたぞ。署員にはチームでいてほしい——ふざけた話だ——とか、妬み合うのはいかがなものか、とか。おまけに、おれにマットを運ばせた。すっかりお見通しだよ!　バーマンに何を吹き込んだ?」

「何も言いやしないよ。おれもそう言われた」

「おまえが何も言わなきゃバーマンが動くわけないだろう」

「でもそうだったんだよ。個人秘書だから、おれが皆に妬まれているのを知っている、とバーマンは言っていた。それに妬み始めたのはおまえだ、と気づいていたぞ」

「バーマンがそんなこと知るはずがない、おまえが吹き込まなきゃ」

「署員の間で何が起きているかすべてわかっている、と言っていたよ。まあ、そんなようなことを」

「それでおまえは突っ立ったまま、バーマンに何も言わなかったのか?　何か言っただろう、絶対」

「手紙については話した。殺し屋がおれを狙ってると思ったから、そう報告した。怖がらせようと、おまえが場違いに仕組んだものだとバーマンは言った」

「手紙だって?　いったい何の話だ?」

「おまえがルダル家の郵便受けに入れた手紙だよ。おれが下宿していたのを知ってたんだな、よし——そんなことだと思ってた——それに、おれが車に轢かれそうになったのも知ってた。それで匿名事を放り出すように」

の脅迫状を送りつけたんだ、『おまえも命拾いしたな。次は仕留めるぞ』って。怖がって、おれが仕事を放り出すように」

チェンバーズが言い返す。「何の話だ。ずいぶんと練られた案で、思いついていたら実行したところだが、実際にはおれじゃない」

「おまえの仕業だと言ったのはバーマンだ。いまさらとぼけるな」

「おい、いい加減にしろ、アーミテージ。おれじゃないって言ってるだろう。なのに御大がどうしておれが犯人だとわかるんだ?」

「いつかバーマンにこってり絞ってもらえ。あることないこと言いふらして、自分だけ難を逃れている。おれに出ていってほしくて脅迫文が効くと思った。でも、認めるつもりはさらさらないんだな」

「自分が送ったのなら、むしろ誇らしいね。実に名案だ。その匿名の手紙のせいで、おまえが尻尾を巻いて逃げ出したら、それこそ虫けらだと証明するようなものだからな。バーマンもそれを目にすれば、おまえを厄介払いできたと喜ぶだろう。いまのところ、おまえは逃げ出す代わりに、バーマンに取り入って怖かったと泣きついているんだ。言っておくがな、アーミテージ、その手紙を送ったのはおれじゃない。だからその手紙が届いたのなら、おまえを狙っている何者かがいるということだ。そいつが早くおまえを仕留めてくれるといいんだが。ここではおまえは単なる厄介者でしかないんだから」

2

アーミテージがもう少しで眠りに落ちる時にチェンバーズが言った。「御大と徒党を組んでおれを困らせて、さぞいい気分だろうな」

「これまでバーマンはそれほどおまえを気にかけていなかった」アーミテージが言い返す。「それが不満だったんだろう」

「バーマンからはいままで、そんなに目の敵にされていなかった。おれをつぶそうとして――おまえ、バーマンに頼んだんだろう？」

「頼んでなんかいない。そんなことするわけないじゃないか」

「違うのか？　とにかくおまえに吹き込まれたバーマンは、辺りを見回して、おれに命じる汚れ仕事を探した。おかげでコネティカット・ストリートのルダル家を、昨日の夜ずっと監視する役目を仰せつかった」

知らないふりをしてアーミテージは尋ねた。「へえ？　それが何の足しになる？」

「無駄骨さ。何の足しにもならない。無駄な仕事だ」

「でもバーマンは、捜査の足しになると思っているはずだ」

「それはないね。無駄な仕事を押しつけた。誰からも認められない任務で、手柄をあげようにもあげられないようにしているんだ。なのに証拠を見つけられないと、見落としたと言われる」

「バーマンはそんな上司じゃない」アーミテージは言った。「何を監視するよう命じられたんだ？」

「そりゃ、マッケンジーに決まってるよ。御大が言うには、マッケンジーとルダルは繋がっているかもしれないそうだ。警察の目が厳しくなくなるまで、ルダルがダイヤモンドを保管している可能性がある。マッケンジーはルダルをそれほど信頼していないだろうから、連絡を取るだろう。そして行うのは夜のはずだ、そう御大は言う。だが、ばかげてるよ、当然だろう。そうやって無駄な仕事をおれが断らないようにしているんだ」

「でも、何か出てくるかもしれないじゃないか」

「あり得ないね。マッケンジーが夜こっそり来るなら、先週のうちに来たはずだ。いまさら監視してどうなる?」

「ああ、簡単な話さ」アーミテージは言った。「マッケンジーは入る機会をただ待っているのではなくて、監視されていないことを、まずルダルから知らされるはずだ。そしていままでは知らされなかった。というのも、おれがルダル家に下宿していたからな。おれが出ていったとルダルが伝えれば、今夜は、ルダル家に入るのに安全だとマッケンジーが思う最初の夜だ」

「へえ。ということは、あそこに滞在していたと認めるんだな?」

「とっくの昔に知っていたくせに。ついでに言うなら、バーマンもな。だが命じられて、さっき出てきたから、マッケンジーを監視する人はいない。今夜はさぞ楽しい時を過ごせるだろうよ」

「怖くもなんともないよ。飽き飽きしながら道路に立って、目を見開いて眠らずにいるだけさ。とにかく、もう口を閉じろ。おれは寝なくちゃならないんだよ、今晩ずっと監視するんだから」

睡眠に関してはアーミテージも同感だったので、寝返りを打って静かにした。と、あることが思い浮かび、アーミテージは言った。「あと三十秒だけいいか、チェンバーズ。これだけはいまのうちに訊いておきたいんだ。おれに匿名の脅迫状を送ったり、それに関連することをしていないと断言できるか?」

「もちろんだ」チェンバーズが言う。

「なら誰が?」

「おれが知るか? 頼むから寝てくれ」

3

翌日フラムに聞き込みに行ったバーマンとアーミテージは、これまでより少しましな収穫を得た。強盗事件の前の週、付近でマッケンジーが幾度となく目撃された、と証言が取れたので、ルダル家かどこかに〝滞在〟していた線がさらに濃厚になった。

「おそらく〝スミス〟と名乗っていたんだな」バーマンは言った。「もっとも、ルダルの息子の言葉が細かいところまで正確に信じられるなら、だが。ルダルは家族に秘密を打ち明けていたと思うか? 妻子に〝スミス〟はマッケンジーだと話しただろうか?」

「〈牡鹿とヤマアラシ〉でルダルの息子に賭けの記入用紙を渡した時は、マッケンジーと名乗っていました。ですから、ルダルの妻と息子はマッケンジーだと認識していたはずですが」

「裏を取るのは難しいな。妻と息子は当時〝スミス〟と理解していて、後にマッケンジーだったと知った可能性もある。わたしが聞き取りをした時に知ったのかもしれない。だが、娘のキャロラインはどうなんだ? 〈牡鹿とヤマアラシ〉には同行しなかったし、わたしが立ち寄った時には不在だったから、キャロラインは両親や弟とは異なる立場で、〝スミス〟を単に〝スミス〟と認識した可能性がある。娘が下宿人と親しくなるのを心配して、ルダルは娘に打ち明けなかったのかもしれない」

「キャロラインはマッケンジーに誘いをかけたに決まってます」アーミテージは言った。

「その場合、何か話を聞けるかもしれないな——後々。だが時期尚早だ。マッケンジーとルダルが協力しておらず、隠れ家がほかにあったら、また一から調べる必要がある。だが当面はマッケンジーが〝スミス〟であり、ルダルとの間にさらなる接触があると見込んで捜査を進めよう。ルダルの監視については、日中に人員を配しているし、夜にはチェンバーズにルダル家を当たらせる。そこから何かつかめるかもしれない。だが捜査過程がルダルに筒抜けだったら収穫は望めない。それが、きみに下宿を出てもらったもうひとつの理由だ。すんなり出られたのか？」

アーミテージは言った。「ええと——そうですね。物音は立てませんでしたから、ルダル一家は朝まで気づかなかったでしょう」

4

その頃には——アーミテージが安堵したことに——バーマンは夜に備えて、事件の推理をまとめたがっていた。もはやルダル家のことはバーマンの頭から消え、犯行当日の午後、マッケンジーがノース・エンド・ロードで目撃されたという情報に取りかかっていた。

バーマンには昼食などどうでもよく、ティータイムも頭になく、もはや夕食をとるかどうかも怪しかった。だが、健全な食欲のあるアーミテージはそうはいかない。そこで思い切って言った。「大問題ですね――マッケンジーが近辺にいたなら、ですが。もし証拠があれば、ウォールサムストーでいつでも逮捕できます。マッケンジーがいたら勝ち目はあるでしょうか？」

「アーミテージ、四万ポンド相当のダイヤモンドを先週盗んでいたら、今日の午後は何を考えている？　ダイヤモンドのことだな、もちろん。マッケンジーも同じことを考えているはずだ。奴がウォールサムストーからフラムに来たのなら、それはダイヤモンドのためだ。フラムを訪れるのが好きだから、だけじゃない。だから、もしマッケンジーを見つければ、ダイヤモンドのありかまで導いてくれるかもしれない。当然ながら問題は、ルダル家のどこにあるか、だ。ついでながら、もしマッケンジーとルダルが結託していたら、アーミテージ、きみに謝らなきゃいけない。月曜日の夜、そう推理していたのに耳を貸そうとしなかった」

アーミテージは言った。「気にしないでください。ふと思いついただけです。その――パブを調べるのはどうでしょう、マッケンジーが食事をしている可能性があるのでは？」

「またひらめいたようだな？　そうしよう。だが同じ店に入るのはやめよう。きみはここに入れ。わたしは向こうの店に行く。三十分以内に向こうの店で落ち合おう」

5

うまいビーフサンドイッチ二切れと一パイントのビールで人生観はがらりと変わる。しかも予想外にも正当な謝罪という食前酒を経ているのだから、すばらしい心持ちにもなるというものだ。それゆえ、アーミテージは食事を終えた時には、どんな冒険であっても楽しむ準備ができていた……少なくとも、そう思った。いまなら、ミスター・ルダルに――キャロラインにすら――会っても嬉しく感じるはずだ。

　すると一メートルほど向こうのバーカウンターに立っている男が、マッケンジーにひどく似ているのにアーミテージは気づいた。面識はなく、写真で見ただけなので確信は持てないが、少なくとも確認できる機会ではある。そこで、バーカウンターに近づいて、バーテンダーにビールを半パイント頼んだ。マッケンジーかもしれないし、そうではないかもしれない男性には目を向けず、バーテンダーへ話しかける。「この辺りで部屋を探しているんだけど、お勧めの所はあるかな？　明るい部屋がいいんだ――たいていの貸し間は陰気だからね――あと壁に絵が掛けてあったり、置物が飾ってあったりしない、下宿人に対してにぎにぎしくない所がいい」

「心当たりはありませんね。でも絵画が少し飾ってあって、見て楽しめるくらいのほうが居心地がいいでしょうに」

「ないよりはましな場合に限るな」アーミテージは言った。「下宿にかわいい娘がいるのが一番なんだ――その、大家のかわいいお嬢さん、という意味だよ。そういった条件に合う貸し間はないかい？」

「そういうのは広告に出ていないのでは？」

「だからこそ口コミがいいんだ。どうやら知らないようだね」アーミテージは隣にいる男性に向き直った。「あなたはどうです？　条件に合う貸し間をご存じありませんか？」

「地元じゃないのでまったく知りませんね」

「それは残念」アーミテージは言った。「実はある人から聞いたんですよ、コネティカット・ストリートにある家で部屋を貸していて、しかもそこの娘さんが娯楽を提供してくれるって。ただ、番地を忘れてしまって。かわいい娘さんはいますか、と一軒一軒訊いてまわるのも気が引けますからね？」

バーテンダーは笑った。隣の男は笑わず、カウンターにグラスを置くと「ごちそうさん」と言って出ていった。

アーミテージは男の後をつけた。

6

ロンドンの通りでの注視は熟練の技を要するが、アーミテージにはお手のものだ。しじゅう注視する必要がないよう、対象者の動きをどう予測するか熟知している――それでアーミテージは横道に隠れては出てくるようなことはせずに、尾行を続けた。対象者は、最後に振り返った時にも、尾行された気配がないと安心する。

アーミテージはノース・エンド・ロードとリリー・ロードの交差点に近づくことなく尾行を続けてゆくうちに、リリー・ロードの商店街の外れまで来て、背の高いフラットが立ち並ぶ区域に入った。その先にはコネティカット・ストリートがあるので、その頃には男性の行く先がルダルの家であるとアーミテージは確信した。だが、対象者は急に道路を横断し、ノーマンド・パークとローン・ボーリング場の間の舗装された歩道を進むと、クイーンズ・クラブ・ガーデンズを横切ってグレーハウンド・ロードに入った。そこで一軒の店の前で立ち止まり、ドアをノックした。するとすぐにドアが開き、男は中に入っていった。

その頃には辺りもだいぶ暗くなっていて、バーマンと落ち合うべき時間もとっくに過ぎていた。これでアーミテージが空腹のままだったら、対象者――マッケンジーじゃないかもしれない――がコネティカット・ストリートの方向から外れた時点で尾行をやめただろう。だがいまは満ち足りているので――それにバーマンが知りたがるだろうから――対象者がまだ店内にいるか、それともリリー・ロードに戻ってくるか確認することにした。

アーミテージは姿を見られない場所から店の監視を続け、男が出てくるのを待った。

一時間が経ち、さすがにバーマンを待ちぼうけさせていることに気が咎めたアーミテージは、店の監視を続けられる位置にある電話ボックスに入り、待ち合わせ場所のパブに電話をした。ミスター・バーマンを呼び出してくれるよう頼んだが、その名の人物はいないと言われた。人相を説明すると〝それらしい人物〟はいたが、四十五分ほど前にひどく頭に血が上った様子で出ていった、と説明された。

となると、バーマンと連絡を取る術がない。バーマンを見つけるには――いまごろ脳卒中でどうかなっていないなら、単独でマッケンジー探しを続けているだろうから、コネティカット・ストリートの半径五キロ圏内を探すのがいいかもしれない。

バーマンと会ったらお互い感情がたかぶるだろう。アーミテージの言い分はこうだ。「ああするしか、ありませんでしたよ？　マッケンジーらしき人物を見過ごすわけにはいきませんでした。その時、報告しに行っていたら、見失っていたでしょう。そうなってはどうにも――」ただバーマンは許してはくれないだろう。何をしてもこちらに分が悪くなる、よくあることだ。

それでアーミテージは教会の時計が十一時を知らせるまで店の前で待ち続けた。だが、この店を監視し続けても意味がない、と突如として気づいた。あの男がマッケンジーなら、そして夜半にルダル家へ行ったなら、チェンバーズ巡査部長が確認するはずだし、男がマッケンジーでなければ、もしくはルダル家に行かなければ、グレーハウンド・ロードの店にいる男性が誰であろうと捜査に進展はない。どうしてもっと前に気づかなかったのだろう、とアーミテージは悔やんだ。

いまとなっては、バーマンと再び落ち合う唯一の方法は、閉店時間にパブに戻るくらいしかなかった。バーマンも同じことを考えて戻ってくるかもしれない。だが戻ってこなければ――まあ、コネティカット・ストリートに狙いを定めているかもしれないので、いまごろチェンバーズと連絡を取っているはずだ。その可能性はある。ノース・エンド・ロードのパブへ行く途中で判明するだろう。

というわけで――会った時のバーマンの反応を大いに懸念しつつ――アーミテージはその方角へ向かった。

7

コネティカット・ストリートのルダル家まであと少しの所で、チェンバーズが目の前に現れた。

「御大はどこにいる?」

「さあ。残念ながらはぐれてしまった。ここで会えればと思ったんだ」

「おあいにく様。この近辺にはいないよ。でも連絡を取らないと。報告があるんだ」

「面白いネタか?」

「そんなわけないだろう! ここで面白いネタなんてないよ、まったく。驚くほど退屈な任務だ。でもへまをしてバーマンに締めあげられそうになったら、せめて監視した結果の報告だけはしないと。たいしてないが、それでも少なくとも任務を怠らなかったとわかってもらえる。捜査課に電話してみたが、バーマンはおまえと組んで地取り捜査中だった。会ったら文句のひとつも言わせてもらうさ」

「一緒にいたのは確かだ」アーミテージは言った。「だが、はぐれたんだ、さっきも言ったけど。おれも用があるから探さないと。つき合えなくて悪いな、よかったらおまえの代わりに伝えておくよ。何を見つけたんだ?」

アーミテージが立ち去ろうとすると、チェンバーズが横に並んだ。

「そうか、バーマンへ報告するのが好きだものな?　あたかも自分が見つけたかのように言うんだろう。そうはいかないよ、アーミテージ」

「ばか言うな、チェンバーズ。そんなつもりはさらさらない。事件のことしか考えていない。もしマッケンジーを見たなら――」

「見たとは言っていない。何者かがルダル家に入っていくのを見たんだ。それがマッケンジーだったかそうでなかったかは、自分の口から御大に報告する。おまえなんかにゃ言わないよ」

ふたりは十七番地を通り過ぎた。屋根裏部屋――キャロラインの部屋に灯りがついているだけで、ルダル家は真っ暗だ。チェンバーズが並んでついてくるのでアーミテージは言った。「これ以上ついてくるなよ。マッケンジーかもしれないと踏んだ男が四百メートルほど先を歩いていたはずなんだが、いま来るかもしれない。来たら見逃せないぞ」

「わざわざ教えてくれるとはご親切に」チェンバーズは言った。「どうもありがと――」

と、その時、タイヤの破裂したような鋭い音がしたのと同時に、チェンバーズがうつぶせに倒れた。

第九章　殺人事件

1

アーミテージはすぐ足を止めた。「おい！　いったい何につまずいたんだ、チェンバーズ？」返事がない。懐中電灯を点けた。チェンバーズは歩道に倒れたまま動かない。後頭部に穴が開き、血がしたたり落ちている。

アーミテージは呆然とした。脈を取るまでもなく、チェンバーズが死んでいるとわかった――銃撃された、殺されたのだ。その直後、自分にも銃口が向けられているはずだ、と悟った。

そう、チェンバーズは死んだ。それは疑いようもなく、アーミテージにはなす術もない――そしてすぐに二発目が発射される、今度はもっと狙いを定めて。アーミテージは懐中電灯を消した。チェンバーズの遺体の横でひざまずいていてはいけない。狙撃犯が狙いやすくなる。アーミテージは足がもつれそうになりながら一メートルほど先の人家まで行き、前庭に立つコンクリート製の柱の陰に隠れた。

捜査課の私服刑事に警笛を所持する規則はなかったが、多くの署員は携帯している。アーミテージも常に持っていたのを思い出してポケットから取り出し、三度吹くと、柱の陰にうずくまって待機した。

援護が来るまではどうしようもない。アーミテージは振り返って通りを確認した――人影はない。道路の向かい側の家の窓が勢いよく開き、男性が大声で言った。「どうかしたのか?」

アーミテージは叫んだ。「警察に通報してください、すぐに」

ほかの住宅からも男女が出てきた。女性は遺体を見て悲鳴を上げた。アーミテージは言った。「電話を探して、警察に通報してください」

さらに家々の窓が開き、住人が出てきて叫び声がした。遺体を囲んで小さな人垣ができている。誰かが言った。「助ける手立てはないのか?」するとほかの人物が言った。「近寄るな。周りを空けろ」

これだけ人がいては、さらなる銃撃はないはずだ。警官である彼が柱の陰にうずくまっているのに、民間人が道路におおっぴらに立っているのは体裁が悪い、とアーミテージは気づいた。だが当然ながら、狙撃者の犠牲になるのは元々自分だった。一発目にわざと同僚を狙ったのなら、二発目はアーミテージを狙うだろう。

アーミテージは立ち上がって歩み出ると、警笛を再び吹いた。すると制服警官がやってきた。「ここで何をしている?」警官が尋ねる。横たわるチェンバーズを見つけると、傍らにひざまずいた。アーミテージは近づいて静かに言った。「すでに死んでいる。五分前に撃たれた。もっと前かもしれない、ずっと前のような気がする」

警官が立ち上がって言う。「確かに死亡している。きみは何者だ? さっき警笛を鳴らしたのは誰だ?」

アーミテージは言った。「わたしだ。捜査課の巡査部長だ。この男と一緒に歩いていた。この男はチェンバーズ巡査部長だ」

警官が言う。「警察手帳を見せてください」確認すると警官は言った。「確かに。巡査部長、電話のある所へ行って署に連絡しては？　自分は現場におりますので、トゥームズ警部補へ連絡してください」

「最寄りの電話ボックスは？」

「二百メートル先にあります」

その頃にはかなりの人だかりができていた。アーミテージが人混みをかき分けていると、さらにふたりの警官が慌ててやってきた。どちらかに電話を頼むことはできるが、警官たちに引き継いでいいものなのか？　警官たちは市民の安全確保に努める必要があり、緊急を要するのは捜査課にこの事件を連絡することだ――トゥームズ警部補ではなく、バーマン警部に。バーマンは――。

と、すぐそばで声がした。「まったく、アーミテージ、脅されてたっていうのはこれですか？」声の主はフィリップ・ヤングだった。

「ここで何を？」

「家へ帰る途中だったんですよ。そうしたら人だかりがしていて、あなたが警官と話していたものだから。あの男は死んでるんですか？　殺されたんですか？　何があったんです？」

アーミテージが足を速めるとヤングがついてきた。アーミテージは言った。「いや、さっぱり。男は撃たれました。わたしの代わりに犠牲になったんだと思います。人の姿はなかったので、どこから撃ったのか見当もつきません」

「あなたが下宿していた家のすぐ近くですね」

「そうですね、ピンときませんが。考える暇もありませんでしたから」

「ところで、あの男性は誰です?」ヤングが尋ねる。

「チェンバーズ巡査部長です。誰からも脅されていません。脅迫した人物が狙っていたのはわたしです。銃撃されるのはわたしだったはずです」

電話ボックスがすぐそこにある。「任務がありますので失礼、ヤングさん」アーミテージは電話ボックスのドアの前で言った。すぐさまトゥームズ警部補に電話をすると、状況をすぐに把握してくれた。

「実は込み入った事情がありまして」アーミテージは言った。「本事件は警視庁のバーマン警部指揮下にあります。バーマン警部に同行していたのですが、はぐれてしまいました。こちらの管轄にいるはずですので、緊急電話を発信していただけますか?」

2

アーミテージが現場に戻ると、人だかりはさらに大きくなっていたが、巡査部長ひとりと警官数人、そして警察車両が到着していた。ほどなくトゥームズ警部補も配下の私服刑事数人を連れて到着した。カンバスの仕切りでやじ馬たちは後方へ押しやられ、警部補が現場検証を開始した。

トゥームズ警部補は不愛想な男で、淡々と処理していったが、警視庁の名高い警部に引き継ぐまでに成果を上げられるかどうか、明らかに不安そうだった。アーミテージの詳細な報告に、トゥームズ警部補はまったく興味を示さなかった。コネティカット・ストリートを通行していた巡査二名のうちのひとりが背後から銃撃された、という事実のみ把握し、その理由の説明には無関心だった。説明のいらない、目の前の事実だけで警部補には充分だったのだ。必要とあらばバーマン警部が〝そのほかの事柄〟に当たるのだから。したがってトゥームズ警部補は新たな発見はしなかったものの、バーマン警部のために万事〝整頓しておく〟手腕は見事だった。遺体のそばの通り沿いに警官隊を配置し、証言する予定の目撃者たち――というより、アーミテージのみなので目撃者一名――と共に、紛れもない事実を得るために、現場で円滑に調査が行われるよう指示した。

3

バーマンは午前二時まで来なかった。不機嫌極まりない状態で午前〇時前に帰宅していたバーマンは、警視庁に電話を入れなかったので、フラム近辺の通りにいるのではないかと推測された。だが警視庁内のある者が、警部はすでに帰宅している可能性がある、と示唆して自宅に電話をし、警部は寝しなに電話で〝配下の巡査部長〟が殺害された、と連絡を受けたのだった。

バーマン警部はひどく動揺した様子で車から勢いよく降りた。そしてアーミテージを見つけた。

「アーミテージ！」バーマンが叫んだ。「てっきり、きみが殺害されたのかと思ったぞ。被害者は誰だ？」

「チェンバーズ巡査部長です。後頭部を撃たれましたが、わたしを狙っていたはずです。通りを一緒に歩いていて――」

「いつだ?」

「午後十一時半から〇時の間です」

「〇時だと?　それまできみはいったいどこに――いや、それは後にしよう。この管轄の責任者は誰だ?」

「よろしい。逮捕者は?」

トゥームズが言った。「現場を保存してお待ちしておりました」

その簡潔な言い回しにトゥームズ警部補は感心したようだった。「まだです。通りに人気がない時間帯の事件なので、目撃者は警部配下の巡査部長以外、現在確認しておりません。そうなりますと――」

「なるほど」バーマンが口を挟んだ。「犯行が起きたのだから通りに人がいなかったはずはないが?」

「住宅からの狙撃の可能性があります」

「ならば『人気がない』とは定義できないな、警部補。近隣住民全員が容疑者になり得る。検視官は?」

「警察車両で死体検案書を作成中です」

「まず、そこから始めよう。来るんだ、アーミテージ」

検視官の報告書はかなり専門的でバーマンは深入りしなかった。バーマンは言った。「ふむふむ。後でゆっくり拝見するとしよう。被害者は死亡、原因は銃撃――おそらく拳銃――で、約十八メートルの距離の背後からによるもの、というのが基本的事実だな。確認したいのは、狙撃者がどこから撃ったか、なのだが」

「ああ、それはそちらのご専門でしょう、わたしではなく」

「わたしの仕事でもあるが、充分あなたの仕事でもある。狙撃者の位置は被害者の頭部と平行、もしくは上部、下部、どちらかわかるか？」

「銃撃された時に仰向けに倒れなかったところを見ると、上部からと思われます。前のめりに――たとえば歩道に顔を向けて――倒れたのなら、かなり上部からでしょう。そうでないと前には倒れません」

「すると、二階の窓からか？」

「可能性が高いです。断言はできませんが」

「右から、それとも左からか？」

「それも頭部の向きによります……正面を向いていたかどうかで」

バーマンは言った。「アーミテージ、説明できるか？」

「チェンバーズから話しかけられていましたが、親しい間柄ではなかったので、彼の方を見ていませんでした。その、実は嫌味を言われていたので」

「そっぽを向いたまま話をしていたのか？　チェンバーズがどちらを向いていたか証言できないんだな？」

「はい。気にしていなかったものですから」

「なるほど。するとやるべきことはただひとつだ。残念ながら嫌な思いをさせるかもしれん。現場検証の必要がある。アーミテージ、きみにはチェンバーズが狙撃された時と同じ場所にいてもらう――遺体の横たわっている状況から、一緒に歩いていた時に発射された弾道を把握できる。それから狙撃された瞬間の位置まで、遺体を持ち上げる必要がある。その後はお任せするよ、検視官。遺体の頭部の銃痕の位置と向きがわかれば、正面を向いていた場合やそうでなかった場合、また前後どちらに傾いていたかで、どこから狙撃されたか確認できるはずだ。可能性はすべて考慮に入れてくれ。確認や記録用に優秀な署員を数名派遣する。通りの写真も撮ろう。暗い中ではまともな手かがりは期待できないが、不鮮明でも何かしら集めなければならない。ほかには何かあるか？　そうだ。チェンバーズがなるべくまっすぐ前を見ているように撮影してくれ。後で銃痕の位置に横棒を取り付けた柱を立てよう。そして日が昇ったら、調査結果から、背後に位置する家の二階ないし三階の窓を確認して、正確な角度で狙撃された場所を割り出せるか検証する。以上だ、わかったな？　では、さっそく取りかかろう」

4

それは確かに身の毛もよだつ作業で、アーミテージ以外の署員たちは途中で気分が悪くなった。だが、おかげでいくつかの証拠がつかめた。もっとも有効な証拠は、チェンバーズが背筋を伸ばして前方を見て歩行していた場合、弾はコネティカット・ストリート十七番地の住宅の二階の窓から発射された、というものだった。

アーミテージは――顔面蒼白で気も動転していたが、上司の前で怖気づくまいとして――言った。

「わたしが下宿していた部屋だと思います。いまは空室です」

「昨日の明け方に出た部屋だな。すでに次の借り手がいるのかもしれない。いずれにせよ、その家にいた人物なら撃てたはずだ。二、三の可能性が浮かんでいるが、それは後にしよう。午前四時に担当署員が来るまで新たな情報は得られない。それに、まずきみから話を訊きたい。遺体が搬送されて検視が行われる間、警察車両で待機しよう」

バーマンとアーミテージは小さなテーブルを囲んで座った。バーマンが言う。「汚れ仕事だな。わたしと同じくらいひどい顔をしているぞ、アーミテージ」

アーミテージは言った。「警部より気分が悪いと思います。狙撃者の腕がもっとよければ、霊安室に搬送されたのはわたしで、チェンバーズが死体の位置を示していたかもしれません。そのことばかり考えてしまうんです」

「犯人の腕がよくなくて、正直なところ助かった。だが虫が好かなかったとはいえ、チェンバーズを失ったのは参る」

やけに感傷的になったと気づいてうろたえたのか、バーマンは顔つきも声も険しく、不愛想になった。「さあ、アーミテージ巡査部長、今夜、何があったか説明してくれ。わたしが許したのは三十分の休憩で、その後はパブ〈金の竜(ゴールデン・ドラゴン)〉へ来るようはっきり指示していた——なのに、再び会うまでに五時間以上かかっている。これは由々しき問題だ。弁解の言葉はあるか?」

「選択の余地がなかったんです。マッケンジー——少なくともそう目星をつけた人物——を見つけたので、尾行しなければと思いました」

アーミテージが顛末を話し終えると、バーマンは言った。「なるほど。それならば仕方ない」

バーマン警部は車両のドア口から叫んだ。「フライト警部補はいるか? ああ、いたか。マッケンジーを見たら判別できるか? 変装していてもわかるな? なら、グレーハウンド・ロードのこの番地の店へ行って、昨夜九時頃そこにいた男を探してくれ。その男がマッケンジーなら、ここへ連れてくるんだ。違うなら――違うと確信したら――その男は家へ戻って朝まで眠れる。男が立ち去っていたら、どこへ行ったのか情報の入手に努めてくれ。重要参考人になるかもしれない。車を使って複数で行ったほうがいいぞ、抵抗されるかもしれないからな」

バーマンはアーミテージに向き直って言った。「可能性に対処するための指示は済んだが、いくつか例外もある。明白なのはだな、アーミテージ、気づいているだろうが、きみもルダルに狙撃されるところだった、ということだ。だがルダルの動機は？　単にきみに偵察されていると思い、それが気に入らなかったからか？　それが殺人の動機になるとは疑わしい。特にきみがすでに下宿を出て、ルダルが隠そうとしていた秘密を暴く機会を失った後では」

「ルダルからずっと脅されていました。そして、これです。脅迫状もありましたし、その文言の通りのことが起こりました。ただ、二度目も仕留められませんでしたが」

バーマンは言った。「いや、違うぞアーミテージ。あの手紙は気にしなくていいと言ったはずだ。あれはチェンバーズ巡査部長が書いたんだから」

「そうおっしゃったのは覚えていますし、その時は納得しました。でも本事件の後ではどうでしょう？　手紙によると、リリー・ロードの轢き逃げ未遂がわたしを狙う最初の仕業で、二度目かもしれないこの事件は――そうであると思われますが――その、当然ながら――」

「違うぞ」バーマンが口を挟む。「殺人犯はわざわざ標的に警告して犯行を妨げるような行為はしない。そういうのは推理小説の中だけだ。作家が話を盛り上げようとしてそうするが、現実にはあり得ないんだ、アーミテージ。だからあの手紙はきみの殺害を計画していた人物が送ったのではない。きみが殺人犯に狙われている、と思わせて怖がらせようとしている人物の手によるものだ。わたしの知る限り、そう望むのはチェンバーズ以外にいない。あの手紙はチェンバーズが書いたのだから、もう心配ない」

アーミテージは言った。「おっしゃることはごもっともですが——そうでないと考えたほうが現状に合いますし、ルダルの脅しもそのひとつです。なので、どうしても——」

「殺人犯がわざと犯行を困難にするような代物を送りつけるはずはないという意見に対して、何か反論はあるのか？　もちろんあるまい。ルダルの脅しではないんだ、可能性すらない。アーミテージ、説得力のある説明ができない限り、脅迫状はあくまでもチェンバーズ巡査部長が送ったと確信する」

「この前の夜、チェンバーズに訊いたら、何も知らないと言われました」

「ほう？　そもそもチェンバーズが認めるとは期待していなかったんだろう？」

5

「さて」バーマンは言った。「おそらく捜査は進展しているな、アーミテージ巡査部長。前にも言ったが、さらに強力なルダルの動機が得られなければ、充分な論拠とはならない。きみの話からすると、ミセス・ルダルは殺人犯とは考えにくい。息子のクラレンスも同様だ。だが娘はどうだろう、キャロラインだったかな？　きみの話に少し出てきたが、その娘をないがしろにしたんだったな——というより、きみが道徳をわきまえていたからこその行動だとしても、娘を冷遇したと思わせる態度を取った——そして、娘はきみにひどく反感を抱いた。いつか作家が言っていたが、女の恨みは恐ろしいらしい。となれば、捜査で考慮するに値する真っ当な動機だ。その娘が復讐しようとした可能性はかなり高い。そう、大いにあり得る。それに、若い女性の激情と拳銃による狙撃は結び付きやすい」

「はい、そう思います」

「そこで」バーマンは続けた。「ルダル家に入るのを見た、とチェンバーズが言っていた男が問題となる。事件と無関係かもしれないし、マッケンジーかもしれない。チェンバーズは午後八時からルダル家の監視任務に就いていたはずだ。きみは午後九時頃からマッケンジーを尾行し、グレーハウンド・ロードの店の前で十一時過ぎまで張り込んでいた。マッケンジーはきみを撒き、監視がいないと知るや、追いつかれる前に、すぐにここへ来た。男が家に入るのを見たチェンバーズが、マッケンジーだと認識したか否か――いまとなっては――知る術もない。だが、少なくともタイミングとしては、マッケンジーが十一時から〇時の間にこの通りにいた可能性は大いにあり、その場合、家の窓からきみを撃つこともできたわけだ」

「何故マッケンジーはそうしなければならなかったんです?」アーミテージは反論した。「ルダルに動機がないなら、マッケンジーにもないはずです」

「四万ポンドの価値があるダイヤモンドが充分、動機になり得る。それに――マッケンジーとルダルは多少、協力関係にあると思われるが、ルダルは決してダイヤモンドを委ねられはしない。そしてマッケンジーは自分に捜査の手が及びつつあるとわかっていて、注意をほかへ逸らしたかった。それでルダルに警察の注意が向かうことを承知の上で、ルダルの家からきみを撃った。うむ、大いにあり得る」

「マッケンジーはわたしの風貌を知らないはずです。それに、その場合、この通りはあまり明るくないので、狙撃者が——キャロライン、マッケンジー、誰であれ——標的とするわたしに気づくか疑わしいです。暗い中で、この距離で背後から、となりますと」

バーマンが言い返す。「それは容易に答えが出る。当然ながらミス・ルダルはきみが家を通り過ぎる前に正面からきみを確認できただろう。だが、それは別としても、手首の包帯で判別がついたはずだ。犯人は知っていたんだよ」

6

警察車両のドアからフライト警部補が顔を出した。「容疑者です。確保しました」大声で言った。「連行しました。何ら抵抗しませんでした」

「ここへ連れてこい」バーマンが命じる。

マッケンジーはかなりの長身だ。角ばった顔に低い鼻が横に広がっていて、決して人好きのするタイプではない。

バーマンが警告すると、マッケンジーは言った。「何の罪なんだ？　おれは告発されていないぞ？」

「新裁判官規則による」バーマンは答えた。「そのせいでかえって仕事がしづらいんだ。座ってもいいんだぞ、マッケンジー」

「そうさせてもらう。こういうワゴン車だと天井に頭をぶつけちまうから。さもなきゃ便利な代物だな。変なもんだ。ロンドンの通りに駐車してるとは」

「わたしがここにいる理由がわかるな？」

「いや、さっぱりだ、だんな。おれは何にも関わっちゃいないよ」

「数時間前、ここで男が銃殺された。わたしの部下だった——警官だ。つまり誰かが絞首刑になるんだよ、マッケンジー」

「おれじゃない。おれのやり方じゃない。よく知ってるだろう、だんな」

「おまえのやり方じゃないって何だ？　警官殺しか？」

「殺し全般さ。銃を所持することもだ」

「特別な場合を除いてだろう、おそらく。この通りの十七番地のルダルとはどういう関係だ？」

「そこに奴が住んでいるのか？　ルダルとはパブで会っただけだ」

「おい、ふざけるな」バーマンが嚙みつく。「ルダルの家にいたんだろう」

「おれじゃないよ、だんな。一度もない。奴の息子は頭がいいんで、いつかの晩、その子にレースのこつを教えてやったんだ。でもパブでだ、家に行ったことはないよ」

「なるほど。次は今夜についてだ。八時半かその頃、おまえはパブにいたな。それからグレーハウンド・ロードの店に行った」

マッケンジーは急にアーミテージを見た。

「ああ、やっと気づいた。あのパブにいて下宿について訊いてたな。おれを尾行していたなんて言うなよ。そうだとしたらずいぶん冴えた奴だ、おれに見つからなかったんだから」

バーマンが言う。「それはどうでもいい。何故グレーハウンド・ロードへ行ったんだ？」

「行ったっていいだろう？　ダチが住んでるんだ」

「なら、友人とやらに話を訊くとしよう。ダイヤモンドを隠しているのもそこか？」

「何のダイヤモンドだ?」

「それともルダルに預け直したか?」

「えっ、パブで会った男にか?　ばか言うな。持っていたとしても、そんなことするわけないし、そもそもダイヤモンドを持ってない」

「なるほど。午後十一時から午前〇時までどこにいた?」

「グレーハウンド・ロードのあの店にいたよ。ダチと。会って訊けばいい」

「それじゃあ、おまえがコネティカット・ストリート十七番地に入っていく姿を見た人物がいる、といったら――」

「誰であれ、そいつは嘘つきだ。おれにはアリバイがある。グレーハウンド・ロードにいたんだから」

バーマンはフライト警部補に向かって言った。「尋問のために拘留しろ。それが済んだらグレーハウンド・ロードに行って情報の裏を取ってこい」

7

マッケンジーが連行されると、バーマンは言った。

「いまのところどちらにも進展がない。マッケンジーにアリバイがない限りは。まあ、ないと思うが。奴には口裏合わせの時間が充分にはない。チェンバーズが見た男はマッケンジーだったかもしれないし、そうでなかったかもしれない。アーミテージ、おまえとチェンバーズが不仲だったのが実に不運だな。そうでなければ、チェンバーズは目撃した人物について――マッケンジーにしろ、そうでないにしろ――話してくれただろうに」

アーミテージは言った。「はい。その――警部はどう思いますか、ルダルがわたしを狙い損ねたのではなく、故意にチェンバーズを狙撃した可能性は？　ルダルはチェンバーズに尾行されて仕事の邪魔になる、とうんざりしていました」

「もうひとつの弱い殺害動機か？　だがルダルに訊けば、もっといい案が浮かぶだろう。一家が起きるのは何時だ？」

「ミセス・ルダルはたいてい七時に起こしにきました」

「あと十五分ほどだな。朝食の最中に行くよりましだろう。ついてきたまえ、アーミテージ」

アーミテージは言った。「その――わたしも、ですか？」

「そうだとも」バーマンは応えた。「きみが生き返ったと驚く人物があの家にいたら、捜査が進展する」

第十章　差出人は誰？

1

　警察車両のドア口でバーマンが言った。「その前にちょっと」そして外に向かって叫んだ。「バーケット巡査部長はいるか？　ああ、バーケット、これからアーミテージ巡査部長と十七番地へ行くつもりだ。中の人物が裏手から逃亡を図る可能性がある。われわれが家に入るのと入れ違いに、玄関から出ていく者がいるかもしれない。必要な署員を集めて、表と裏の警備に当たってくれ」

「承知しました」

「態勢を整えるのに五分やろう。それからアーミテージ、最初わたしが単独で玄関から入るから、きみは姿を隠すように。わたしが室内に入る時に玄関のドアを開けっ放しにしておくから、中に入れるはずだ。そうすれば、人気スターのように劇的な登場となる——拍手喝采とはいかないかもしれないが」

「物を投げられるのが落ちですよ」アーミテージが憂鬱そうに言う。「それよりひどいことにはならないでしょうが」

2

アーミテージの位置から、玄関でバーマンを出迎えているルダルが確認できた。ルダルが言った。

「おや、何の用です？」

「以前、お会いしましたよ、ミスター・ルダル。犯罪捜査課のバーマン警部です」

「覚えてますよ。わざわざ何の用です？」

「あなたとご家族にお訊きしたいことがありまして。皆さんご一緒にお会いしたいのですが」

「午前七時にですか。しかも、ようやく寛げる日曜の朝だというのに」

「ドアは開けておいてください。部下が参りますので。中に入ってよろしいですか？」

少しして、アーミテージはびくつきながら家へ入った。バーマンからの命令には逆らえない。家族に気づかれる前に、玄関ホールから居間に目をやると、朝食がテーブルの上にあった。ミセス・ルダルはティーカップにお茶を注いでいるが、手が震えるらしく、テーブルクロスにこぼしている。キャロラインはいない。クラレンスは新たな〝騒動〟を楽しみにしているようだ。ミスター・ルダルが立ったまま言った。「それで？　さっさと始めてくれませんか？　今度は何の騒ぎです？」

バーマンはドア口に視線を向けて、タイミングを待っていたアーミテージに部屋に入るよう促した。

ルダルが言う。「おやおや。どうして戻ってきた？　きみの居場所はないよ。いてもらいたくないんだ。四十ポンド持ってきたのなら、置いて出ていってくれ」そして合点がいったようだった。「待ってくれ」バーマンに向き直る。「部下が来ると言っていましたね？　彼が部下ですか？　そうなんですか?」

「部下のアーミテージ巡査部長だ」

ルダルは甲高い声になった。「警官だったんだ。だから言っただろう、かあさん? こいつは警官だ、ここをスパイしに来たんだ」

「待ってください」バーマンは言った。「あなたの言い分をさらに聞く前に、警告しなくてはなりません。あなた方三名の言動は記録されて証拠として使われる可能性があります」

「余計なお世話だ。叩いたって何も出ないよ。わたしは清廉潔白だし、誰の指図も受けない。お引き取り願おうか? 彼も一緒に。あなたの部下に尾行され、仕事の邪魔をされ、散々だ。友人が息子に賭けの記入用紙を渡しただけの理由で。ここは自由主義の国だろう? だったら、とにかく――」

バーマンが口を挟む。「マッケンジーが息子さんに渡した件とは無関係です。もっと深刻な事柄がある。昨夜この通りで起きた事件からすると――」

「わたしは何も知りませんよ」ルダルは言った。

クラレンスが急に言った。「男が撃たれたんだ。三軒ほど先の所で。ぼく、銃声を聞いた。そしたら警笛が鳴ったんで階段の踊り場の窓から見たら、すごかったよ。警官だらけで、そりゃ見物(みもの)だった。とうさんとかあさんは寝ていて聞こえなかった?」

ちょうどその時、ナイトガウン姿のキャロラインがやってきた。「どうしたっていうの?」

そしてアーミテージに気づいて声が大きくなる。「あなた! まあ、何てこと! い――いったい、ここで何を?」

バーマンが言う。「ミス・キャロライン・ルダルですね? こちらは犯罪捜査課のアーミテージ巡査部長です」

キャロラインが椅子に座り込む。バーマンが続けて警告したのにも気づかない様子だ。

ルダルがまた言いだす。「奴は警官だ。だから言っただろう。ここをスパイしに来たんだ。それもこれも――」

バーマンが切り返す。「どうかそのくらいに、ルダルさん。昨夜の銃声や警笛を息子さんは耳にした。あなたは何も聞かなかったんですか？　近所の方々はたいてい通りに出てきました――なのに、何も聞こえなかったんですか？」

「わたしたちの寝室は裏手にある。実は真夜中に物音は聞こえたよ、寝入りばなに。タイヤがどうかしたかと思った」

アーミテージは言った。「数人の女性が叫んでいました。それも聞こえなかったんですか？」

「耳に入ったとしても気に留めなかっただろう。ここら辺じゃ、しょっちゅうある。若い連中（テディーボーイ）が喧嘩するんだ。いちいち気にしてたら寝てられやしない」

「なるほど。あなたはどうですか、ミス・ルダル？　あなたの部屋は道路側ですね」

そう問われてキャロラインは驚いたようだった。「わたし？　いえ、何も聞こえませんでした。寝ていましたから」

「銃撃の直前、あなたの部屋の灯りは点いていました」

「つ――点けっぱなしにしていました。ベッドで小説を読んでいたんです」

「なのに、窓から外を見なかったんですか？」

「寝ていたと言ったじゃありませんか」

「寝室の灯りが点いていました」

「読書しながら寝てしまったんです」

「なるほど」バーマンは言い、静かに続けた。「被害者は警官でした」バーマンはいったん区切り、その事実を皆に浸透させた。「極刑に値する犯罪だとおわかりいただけるでしょう――絞首刑に相当する事件です」バーマンは再び区切ってから言った。「この家の窓から銃弾が発射された、という証拠があります――道路側の二階の窓からです」

ミセス・ルダルが叫ぶ。「ああ、まさか。ここからなんて。そんなはずないわ」

ルダルが言う。「二階の道路側？　貸し間にしている所だ。昨日の晩、新しい下宿人を入れたな、かあさん。ブラウンという名だと言ってた、確かそうだったな？」

「え――ええ。ずいぶん夜更けに来ました。一週間分の前金をもらっています」

バーマンが言う。「その人物とは、これまでに面識があったんですか？」

「面識？　いいえ、そんな。初めて会う人でした」

「その男がマッケンジーだと知っていたのでは？」

ルダルが口を挟む。「さあ、そのくらいにしてくれ。マッケンジーは息子に賭けの記入用紙をくれただけだ」

「数分前は友人だと言っていたのに」

「だったら何です？　一緒に飲んだことがあるなら友人でいいでしょう？」

「質問には奥さんが応えてください。わたしが知りたいのは、新しい下宿人がマッケンジーかどうかです」

「あら、もちろん違います。す——少しも似ていません」

「なるほど。その下宿人は朝食に下りてきませんね」

「八時まで寝ていると言っていました」

「なら、こちらから行くとしましょう。きみも来たほうがいい、アーミテージ」

3

バーマンはノックもせずにいきなり寝室のドアを開けた。

室内に人影はない。ベッドに寝た跡もない。

バーマンは言った。「逃げられたか——始めからいなかったのか？　もし、誰もいなかったのに階下の人たちがいたと言うなら、その人物がいたことにしたい、明確な理由があるはずだ。室内はきみが出ていった時と同じか、アーミテージ？」

「いいえ。わたしが穴を開けた後にカーペットは引きはがされ、椅子二脚も持っていかれましたが、それらが全部、元通りになっています」

「すると、昨晩誰かが来る予定だったのかもしれない。もしそうなら、その人物は当然マッケンジーになる。何も触るな。だが、下宿人がたとえ一、二時間でも部屋にいた形跡があるか確認するんだ」

「いたとしたら、何も動かさないよう気をつけていたと思われます」

「もしくは、何も動かす理由がなかったか、だな。容疑者は室内には興味がなく、滞在するつもりもなく、ただ窓からきみを撃ちたいだけだった。バーケット巡査部長を呼んで、指紋をすべて採取させよう。徒労に終わる可能性が高いな、ベテランのマッケンジーは何も残していないだろうから。それでも確認は必要だ。犯人が凶器を残すほど愚かではない、と確認するのと同様に。窓から外を見てごらん、アーミテージ。例の柱が見えるだろう？　拳銃の扱いに慣れている人物だったら、この距離ならチェンバーズではなく、きみを仕留めるべきだった」

「犯人は昼間なら成功したでしょうが、銃撃があった時はとても暗かったんです」

「きみの包帯を目印にしろ、と言われていたんだろう。だが、あいにく左手ではなく右手だった。それで犯人は二十センチ余り左の、さらに上の頭部に狙いを定めた可能性が高い。さもないと、犯人はよほどのことがないと、暗がりで頭部を狙うのは難しかっただろうから。さあ、現時点での推理はこれくらいだ。なあ、アーミテージ、同時にふたつの場所にいられないのは残念だな。この部屋に滞在歴があるから一緒に確認してほしかったが、階下でルダルが妻に指示する内容を聞いていてもらいたかった。いま夫人と話したら、さっきより、だいぶしっかりしているだろう」

4

ミセス・ルダルの様子はバーマンの予想に反していた。夫人の眼差しは絶えず不安そうにルダルへ向けられていて、まるで、質問に応える前に、どう返答すべきかお伺いを立てているかのようだった。

バーマンは夫人に言った。「ミセス・ルダル、新しい下宿人は前金を払いましたね？　紙幣でですか？」

「ええ。常に現金でいただいています」

「その紙幣を見せてもらいたいんですが」

ミセス・ルダルはハンドバッグから一ポンド紙幣二枚を取り出した。アーミテージの見た限り、ほかに金はなかった。

バーマンが尋ねる。「一週間でたった二ポンドですか？」

「あの人からもらったのはこれだけです――四日間だけ借りたいらしくて」

バーマンがすかさず切り込む。「それが数分前に話していた人と同人物なら、確か一週間分受け取ったという話でしたが」

「まあ――その、つい、うっかり。下宿人はたいてい一週間分払うので、深く考えずにお応えしました」

「なるほど」バーマンは疑わしげに言った。「アーミテージがミセス・ルダルに借用書をお渡しします。こちらで保管することになりますので」

紙幣を受け取る前にバーマンは手袋をした。そして言った。「マッケンジーは支払った時に手袋をしていましたか？」

ルダルが言った。「妻を誘導するのは止めてください。マッケンジーじゃありません。ブラウンという名の男です」

「とにかくミセス・ルダル、下宿人は手袋をしていましたか？」

「ああ、はい」

「寒い夜だ、しちゃいけない理由はあるまい」ルダルが口を挟む。

「それこそ警察が指紋を採取できないよう手袋をしていた、という正当な理由です。貸し間を見せた時、その人物は手袋をしたままでしたね？」

「その――手袋を取るのを見たかどうか、覚えていません」

「ほかに何か覚えていることはありますか？」

「お茶を勧めましたが、すぐに寝るつもりで朝は八時過ぎに起きる、と言っていました」

「もう、その時間を過ぎています」バーマンは言った。「気配がしませんね？」

ルダルが言う。「警察のせいで起きたに違いない。じきに下りてくるはずだ」

「本当に？　信じられませんね」バーマンは言った。「階上へ行った時、姿がありませんでしたし、ベッドを使った形跡もなかった」

「つまり――もう出ていった、と言うんですか？」ミセス・ルダルが大きな声で言った。

「確かに出ていった――いままでいたのなら。あなた以外で下宿人と会った人は？」

「わ――わたし以外、誰も。クラレンスは寝ていましたし、キャロラインは映画館の遅番で、夫は〈牡鹿とヤマアラシ〉へ行っていました。家で起きていたのはわたしひとりだったので、その人を中に入れるのをためらったのですが、きちんとしていてお金も持っていたものですから」

バーマンはルダルに向き直って言った。「元々来る予定だったんですね？」

「予定？　言っている意味がわかりません。窓に掲示していますから、誰かしら来てほしい、とは思っていました」

「なるほど。その下宿人は別として、昨日の夕方から夜にかけて訪ねてきた人はいましたか？」

ルダル夫妻は同時に答えた。「いいえ。まったく誰も」

「すると誰か来たのなら、それはミスター・ブラウンだった、ということですか。それでいて、その人物が来たという証拠を示してはくださらないんですね？」

ルダルが嚙みつく。「証拠？　どういう意味だ、証拠って？　妻がそう言っているじゃないか？」

「いいえ」バーマンが切り返す。「あなたが促すまでは違いました。何者かがあなたの家の窓から狙撃した、と伝えたら、新しい下宿人が来たんだった、とあなたが奥さんに話しかけたんです。たった八時間前のことなのに——あなたは奥さんに思い出させようとした。そして——それで初めて——新しい下宿人が来た、と奥さんは言った。それも、前金を一週間分もらった、と言ってしまった。手元には四日間分の前金しかないのに。それは確たる証拠とは言えません」

「それのどこが悪い？　話は通るだろう？　下宿人について伝え、妻はその人物について話した。これ以上、何が望みだ？」

「あなたの発言は役に立ちません、ミスター・ルダル——下宿人に会っておらず、奥さんから聞いた話を繰り返すばかり。そして奥さんは明らかに、話せとあなたから言われたことをなぞっているだけです。それは証拠とは言い難い」

「こっちには充分なんだ」ルダルが言い返す。「妻が何か言う時は、それが真実だ、わかるか？　誰にも不自然とは言わせない」

5

予防措置を取っていたため誰もルダル家から出ていくことはなかったので、アーミテージは家族を連行するものと思っていた。だから、バーマンが追及の手を休めて、驚くほど穏やかにこう言ったのには、非常に驚いた。「わかりました。皆さんの朝食をこれ以上、邪魔するには及びません」

その言葉で、アーミテージはひどく空腹であるのに気づいた。夕食のサンドウィッチは腹の足しにはなったが、腹持ちのいいものを食べていなかった。アーミテージは空腹なだけでなく、疲労困憊していた。二十四時間勤務に加え、殺人犯の被害者になるところだった、という精神的な衝撃が影響していた。

実際、バーマンの後についてルダル家を出た時には、もう倒れる寸前だとアーミテージは感じたので、トゥームズ警部補が来て陽気にこう言ってくれたのには大いに助けられた。「警部、署に温かい朝食を用意しております」

バーマンは浮かない表情を見せた。昨晩バーマンの妻は、夫においしい食事を用意したはずだ――そして、どんな事件であれ、バーマンは捜査を個人的な事柄のために中断することはない。だが、しばらくして――アーミテージには本当にありがたいことに――バーマンは言った「それなら食事の時間を少しとるとしよう、せっかく用意してくれたんだからな、警部補。食べながら事件について話し合おう」

6

ソーセージ二本、ベーコン三枚、玉子ひとつを腹に収めたアーミテージは、少し気持ちが落ち着いた。

アーミテージは言った。「てっきりルダルを逮捕するのだと思っていました。朝食をとるよう、警部がルダルに促した時、とても驚きました」

バーマンはゆで玉子ひとつで食欲を満たしたが、それにもかかわらず上機嫌だった。バーマンは言った。「判事が警察に発令した、あの忌々しい新規則を知らないのか、アーミテージ？　われわれは、聞き込み対象者の心身を安定させるために――安定だよ、いいかね――しかるべき配慮をする必要がある。つまり、朝食をお預けにし続けるわけにはいかなかった。それに」バーマンが付け加える。「踊り場の窓があるからな」

アーミテージがオウム返しに言う。「踊り場の窓、ですか？」

「クラレンス・ルダルが外を見た窓だよ。本事件の推理がすべて変わる。通りから家を見ると、二階に窓が二つあるから、てっきり一部屋に二つあると思ったが、違っていた。われわれが行った部屋には窓は一つきりで――もう一つは踊り場にあった。だから貸し間に下宿人がいようがいまいが、家にいる者なら誰でも、あの窓からチェンバーズ巡査部長を狙撃できた。つまり、少なくとも五人の容疑者がいるわけだ。その人数を減らさないと逮捕はできない」

マーマレード付きトーストを頬張りながらアーミテージは言った。「もちろん、そうです。でも――キャロラインが読書をしていたという話は眉唾ものです。文学少女タイプとは思えません」

「たぶん『ある遊女の回想記』か『チャタレイ夫人の恋人』あたりだろう」

「ああ。もちろん、そうなると話は違いますね。チェンバーズとわたしが家の前を通り過ぎた時、確かにキャロラインの部屋の灯りは点いていました。その一方で、はったりの可能性もあります。キャロラインはよく下の階にいますから」

「もちろん。もしかすると、クラレンスは銃声を聞いた時、すでに踊り場の窓にいたのかもしれないぞ――狙撃者として。クラレンスが殺人犯らしく見える、とは言わないが、前の下宿人の話できみをからかったくらいだから、拳銃で近くを狙ってきみをヒヤリとさせるつもりだったのかもしれない。ヒヤリとさせるだけでは済まなかったが」

「確かにそうですね。それにルダルも怪しいです」

「後で夫人がひとりでいる時に訊くつもりだ。そうすればルダルが寝室を出たかどうかわかるだろう。犯行時、夫が一緒に寝ていた、という妻の証言はたいしたアリバイにはならないが、陪審の心を迷わせる。それに下宿人の問題もある。ルダルの思いつきと言いたいところだ――ルダル家を訪れたとチェンバーズが言っていた人物でないなら。もしマッケンジーじゃないとしたら――」

食事を終えたアーミテージは、テーブルに肘をついてあごを載せた。またも疲労感に襲われつつ、バーマンの声に耳を傾ける。

「チェンバーズは郵便受けに何かを入れた人物を見ただけ、という可能性も常にある。だがそれにしては遅い時刻だ。だがチェンバーズは……とは言わなかったし……目撃した男性が……また立ち去り……すぐに……だから……アーミテージ！　どうした？」

バーマンの声でアーミテージは目を覚ました。

「ああ、すみません、睡魔に襲われました」

「具合が悪いのか？」

「いや、とんでもない。ただ――その、二十四時間以上、休みなしに勤務しているものですから」

「まったく、きみもか。そういえばわたしも昨日の夜に数時間休んだくらいだ。わたし自身は元気だし、もっと働ける。どうも刑事にしてはスタミナが足りないな、アーミテージ」

バーマンはアーミテージの空になった皿を凝視した。「常に控えめな食事を心がけるべきだ、わたしのように」

アーミテージは眠気に抗って言った。「はい、確かに」

「休憩したほうがよさそうだ」バーマンが続ける。「そんな状態では部下として役に立たない。何時まで休めば回復するんだ？　一時か？」

「その――もう十時近くですので」

「ふむ？　もっと遅くまでか？　その間、こちらはフライト警部補に会ってマッケンジーのアリバイについて探るとしよう。それから直接マッケンジーと会わなければならない――実は新規則下では、マッケンジー本人の同意なしに勾留する権利は警察にはない。そこで――まあ、わたしも数時間休んだほうが賢明なのだろう。六時に警察車両で会おう、アーミテージ」

7

ありがたいことにアーミテージは官舎へ戻ることができた。昼食を抜けば七時間は眠れる。アーミテージは服を脱いだ。

部屋の向こうのチェンバーズの空のベッドに目をやる。夜明けに部屋で一緒になった時、喧嘩をしたんだった。そのチェンバーズはもういない。よくもまあ、こんなことが起きるものだ。こうして眠りにつこうとしているのがチェンバーズで、死んで検死解剖されるのが自分だったかもしれない！

アーミテージは気づくと身震いしていて、われながら驚いた。考えてもろくなことはない。次は仕留める、と言っていた人物が、次も仕留めなかったのは確かだ。

それが違ったら？　バーマンは脅迫状を重要視しなかった――これまでのところ、この事件の最初の――そして唯一の――働きかけだったのに。

バーマンは、脅迫状を書いたのはチェンバーズだと確信しているようだが、チェンバーズ本人は否定し、尋ねられた時に驚いていた。

チェンバーズが驚いたのをバーマンは知らない。知ったところで、それは演技だと言うかもしれないが――実に真実味があった――はたしてバーマンは、推理を練り直すだろうか？

まずチェンバーズが脅迫状を書かなかった、と仮定しよう。となると――必然的に――第三者が書いたことになり、脅迫状が殺人の二度目の働きかけなら、一度目は轢き逃げ未遂の自動車の運転手ということになる。

だが、それで話は繋がるのか？　轢き逃げ未遂が偶然でなければ、脅迫状を書いた人物と実行犯は別人か？　たとえば、ルダルが脅迫状を書いたなら、招かれざる下宿人を追い出したくて脅すには、轢き逃げ未遂を知っていたら利用できただろう。それに銃撃がキャロラインによるものなら、ヤングによると〝腹立ち〟だそうだから、その可能性も排除できないのでは？

そうでなければ、ほかの可能性は？　バーマンは本事件に着手した時、決してひとつの推理だけでは満足しなかった。六案は出して五案の反証を挙げ、ほかの案が消えた時に残った一案に集中するのだ。警察の仕事ではそうするしかないのか？

そう考える頃にはアーミテージはベッドに入っていた。思ったほど心身が休まらない。さまざまな推理が頭を駆け巡るが、もう疲れ果て、眠りたかった。謎の解明や推理は、もはや警部の仕事だ、と自分に言い聞かせる。警部に任せたほうがいい。以前キティーが言っていたように、バーマンはしかるべき時に自らの方法で答えを見つけるだろう……最初から実力行使しないのなら……もし行使するとしても、その場合には——新たな〝個人秘書〟と共にだろう。

不愉快な考えに行き着いたアーミテージは、それを打ち消すために、眠れなくなるのを覚悟して、集中して考えを巡らせた。

改めて脅迫状について考える。それがすべての核心かもしれない。チェンバーズが書いたのでないなら、誰が？

そして、殺人を犯す者は狙う人物に脅迫状など書かないはずだ、というバーマンの反論に——何かあるなら——それは何か？　バーマンは言った。「説得力のある説明ができない限り……」まさに、その通りだ。どんな説得力のある説明があるというんだ？

アーミテージは多くの不可能な点と、わずかに可能な点を挙げ、一時間近く考えた挙句に、可能な点がことごとく不可能になると気づくに至り、常にスタート地点に立ち戻った。「説得力のある説明とは……？」それはひとつではない、ひとつであるはずがない。そう結論付けようとした時、ある案が突如として目の前に現れた。

アーミテージの眠気がすっかり吹き飛ぶ。

この説明が持つ唯一の長所は、説得力があるということだ。この案なら、脅迫状を送る説明がつく。一方、殺人犯の動機をすべて網羅しているわけではない。具体的には何もつかんでいない……。何もつかんではいないが、さらなる銃撃の可能性はある。それも近いうちに。いつどこで狙撃されるかもわからず——次回は仕留められる。

それを阻止できるだろうか。アーミテージは絶望的になった。

第十一章　無情なバーマン警部

1

午後六時前、アーミテージはやや動揺しながらコネティカット・ストリートの警察車両に近づいた。中に入るとバーマンが寝台で横になっていて、眠っているようだった。外に出るのをためらっていると、バーマンが目を覚ましたらしく、起き直った。

「実にいい、警察車両というものは」バーマンは大声で言った。「プライバシーが確保され、しかも寛げる。実際、足りないのはただひとつ、バスルームだ。書類を出して改良してもらえるか訊いてみよう。ところで体調は戻ったかい、アーミテージ？」

「と――とても気分が悪いんです。昨日、胸が悪くなるようなショックを受けたせいです。標的になったので」

「もっともだが、それもわれわれの任務の内だ。考えないようにするのが大事だ。本事件に集中すれば落ち着くだろう。きみの通報後、かなりの事象が発生した。フライト警部補がグレーハウンド・ロードの店に行ったのは今朝だ。いままで情報を得ていなかった場所なので、真夜中に叩き起こしてまで聞き込みするのを遠慮したらしい。わたしとしては判断ミスだと思う。実はそれで事態が変わった。警部補が到着した時、連中は荷物をまとめて出ていっていた」

「はい？」

「逃亡したんだ、明らかに警察の尋問を恐れて。これで連中がマッケンジーと通じているのが確実になった。それにマッケンジーのアリバイも打ち消された」

「はい」

「フライト警部補は捜査令状を持って突入した。連中は――ところでグループの名前は詐欺師（ルーク）だ――警部補がマッケンジーの聞き込みに動いた時から家宅捜査までの間に慌てて荷造りしたに違いない。おそらくマッケンジーから逃げるよう言われたのだろう、警察が来た時に備えて盗品も持っていった。中はめちゃくちゃで、床に落ちた物もそのままだったが、持っていくつもりの数点を置き忘れていた――とても大切なもの、ダイヤモンドの指輪だ。レディー・クリフォードは盗まれた品だ、と証言した」

アーミテージは言った。「はい？」

「それを根拠にして、マッケンジーを強盗罪で告発した。だからといって、マッケンジーがチェンバーズ巡査部長を銃撃した可能性を排除するものではない」

「はい」

バーマンはアーミテージを鋭く見て言った。「今夜はやけにそっけない返事だな、アーミテージ。わたしの発言に対する持論はないのか？」

「はい」

「なるほど。いまのところフライト警部補がうまくやっている。ルークたちがパディントンまでのチケットを買ったウェスト・ケンジントン駅までは追跡した」

「はい」

「ルークたちがほかにもダイヤモンドを持っているのは明らかだから、逮捕できたら強盗事件は解決するだろう。そこで次に問題となるのは、それがどの程度ルダルに影響を与えるか、だ。ダイヤモンドがルークたちの手に渡る前には、ルダルが所持していたかもしれない。事実、昨晩十七番地でチェンバーズが目撃したマッケンジーが、ルダル家でダイヤモンドを受け取り、グレーハウンド・ロードの店に行った可能性はまだある。確かチェンバーズは、目撃した人物が家に入ったきりだったか、再び出てきたか言わなかったな？」

「はい」

「なるほど。アーミテージ、いまのように反応が鈍かったら、チェンバーズがあまり話さなかったのもうなずける。いったいどうしたんだ？」

「な――何だか気持ちが沈むんです。その――ショックのせいで。わたしが死ぬべきだったのかと思ってしまいます」

「とにかく、そんなことはないから、思い悩む必要はない。頼むからしっかりしてくれ」

「はい、努力します」

「ぜひ、そうしてくれ。そんな状態では仕事を頼めない。単なるお荷物だ。さあ、一緒に来てくれ。ルダルはずっと外出していたが、いまは帰宅しているので、聞き込みのために警察車両へ連れてきたい。その間、きみには家に行ってもらい、夫人や娘、息子から何か聞き出してもらうのが最善だと思う。捜査方針はわかっているな。記録には警官を使え。妻子がきみにする話と、ルダルがわたしにする話を比較するのに役立つだろうから。特に訪問者については何でも訊くんだ。誰も来なかったと言われても引くな。張り込みしていたチェンバーズが見た、と伝えればいい。わかったな？」

アーミテージは返事をせず、立ち去りもしなかった。

バーマンは言った。「さあ、すぐに行ってくれ」

それでもアーミテージは動かない。警察車両の中で立ったまま、心許ない様子でバーマンを見ている。

バーマンが辛辣に言った。「今度はどうした？　行けと命じたんだぞ、アーミテージ巡査部長」

アーミテージは唾を二度、ぐっと飲み込むと、こう言った。「お気に障らなければ、できたら――できたら、やりたくないんです」

2

バーマンがオウム返しに言う。「きみは――できたら――やりたくないのか、アーミテージ？　わたしの気に障らなければやりたくないんだな？」

「ええと――そうです。その通りです」

「なるほど、なるほど。その驚くべき発言の説明をしてもらえないものかね？」

アーミテージは赤面した。「で――でも、わかってもらえるはずです。あの家にいま行くのは、わたしにとって自殺行為です。今度はわたしを仕留めようとしています。また狙ってきます。そして今回は――そんな考え方をしてはいけないとわかっています。昨日のショックがなければ、こんな考えには至らないと思います。ベッドに入っても眠れませんでした。頭の中でぐるぐると同じ考えが回り続けます。完全に参っています。お粗末だとわかっていますが、神経衰弱です。これ以上、耐えられません。いま、ここへ来るのでさえ、チェンバーズのようにいつ銃撃されるか気が気ではありませんでした。チェンバーズが後頭部に穴が開いた状態で死んでいるのを見たんです――あれがわたしにも起こるんです。わかるんです。わかるんです」

バーマンは立ち上がった。毅然とした態度で車のドアに向かったが、引き返してくると、静かに、だがきっぱりと言った。「座りなさい、アーミテージ。信じられないことだ、きみからその言葉が出るとは。ほかの巡査部長なら、すぐにクビにするだろう。だが、きみの場合――まあ、まずは落ち着いて話をしようじゃないか」

「ありがとうございます。がっかりさせていると自覚しています。ただ、ど――どうしようもないんです。冷静に行動できません。いまは役立たずです。内心、まだ震えているんです。それで、ど――どうにも、あの家に入る勇気が出ません」

「少し話をさせてくれ」バーマンは言った。「その症状は急性ストレス障害といわれるものだ。わたしは未経験だが、症状が出る者も中にはいる。戦時中の砲弾（シェル）ショックなどがそうだ。頼もしいはずの男性が、急に優柔不断になる。そして症状が一時間足らずで治まることもあるらしい。勇気があるなら立ち直れるはずだ。きみは肝が据わっている、アーミテージ。わたしはよく知っている。だがその症状をただちに断ち切る必要がある。そうすれば二度と繰り返さない」

アーミテージは言った。「わかっています。ただ、ど――どうにもならないんです」

「なるほど。では、きみのためを思って単刀直入に言わせてもらう。きみを気に入っているんだ、アーミテージ。いつか立派な刑事になるはずだ。きみの出世に微力ながら手を貸したいと思っている」

「あの、それはわかっています。とてもありがたいです、本当に」

バーマンはその言葉を聞き流した。「だが、いま」バーマンは続けた。「これまでにない失望を感じている。いまのような役に立たず――茫然自失の状態に。三十年近く働いてきたが、指示をして『したくない』と言われたことはない。それに、指示に従いたくない理由が、怖気づいているせいだ、と面と向かって言った人物も――幸いにも――いない。これほど恥ずべき発言は聞いたことがない。アーミテージ、少なくともきみには、弱音を吐かないプライドがあると思っていた」

さらに赤面してアーミテージは言った。「わかっています。わ――わたしはまったく虫けらです。でも、ショックでどうにもなりません。チェンバーズがあんなことになり、標的がわたしだと知ったら。それに――」

「ああ、いいから聞くんだ!」バーマンは言った。「聞くに堪えないぞ、アーミテージ」

そして背筋を伸ばすと、さらに静かに言った。「少なくとも、あと数分は黙っていてくれるとありがたい。ひとこと言わせてほしい。そして道理をわきまえる冷静さがまだあるなら、それを呼び起こして聞いてほしい。今夜まで、きみには明るい、さらに言えばすばらしい未来が署内にあると感じていた。だが、いまのきみには驚かされている。これではどんな未来も描きづらい。実に残念だ。だが――正しい判断かわからないが――きみの驚くべき発言を大目に見てもいい。いっそ話の内容を忘れてもいい。きみの呼ぶ『ショック』の後遺症を帳消しにしてもいい。それくらいは可能だ――それで、きみがショック状態からただちに抜け出せるなら」

「その――二、三日、任務から外してくれませんか。そうすれば元気が出て――」

「けしからん！」バーマンが叫ぶ。「殺人事件の捜査の最中に『任務を外』れたいと本気で言っているのか？　それが任務に対する、きみの最優先事項なのか？」

「いえ、そうではありません。わたしは一所懸命働いています。ただ――できないんです……わかっていただけますか、どうしてもご指示に従えません――もっと気持ちが落ち着くまでは」

「わかった、アーミテージ巡査部長、それがきみの選択なんだな。そのたわごとは、すぐにでも――撤回できるんだぞ。そしてルダル家へ聞き込みに行けばいい。それとも『任務を外』れたっていい。数日、数週間、それとも数年――勝手にするがいい。元気になって戻ってきた時に、わたしが面倒を見ると思うな」

「数日静養させてもらえれば、すぐに回復するはずです」

バーマンが言う。「そうかね？　そうしたら、また上司であるわたしが任務を指示すると思っているのか？　勘違いも甚だしいぞ、アーミテージ巡査部長。危険と隣り合わせの仕事に怖気づく人物とは、一緒にやっていけそうにない」

そして急に穏やかになってバーマンは言った。「好きにすればいい、アーミテージ。勇気を振り絞って任務に就くか――それとも永遠に捜査を――そしてわたしの部下を――辞めるか」

アーミテージは言った。「任務を――数日だけ――外れるのは無理ですか？　お願い、い、いします」

「だめに決まっているだろう。わかっていないようだな、アーミテージ。きみがしている行為は反抗だ」

「そんなつもりはありません」

「わたしの指示する任務の遂行を拒否している。反抗でなければ何だというんだ。きみが認めているように、その行動は臆病なせいだ。そして自分勝手で卑怯だ。さっき、ルダル家に行く時に警官も同行させせろ、と指示したのを覚えているだろう。それは記録のためだけではないんだ、アーミテージ――ふたりなら、単独で行動するより立場が強くなる。さらに一般的に言うなら、仕事を続けるつもりなら、わたしは味方だ。それでも誰かに狙われている、という恐怖が拭えないか？」

「その――チェンバーズと一緒にいた時に事件が起きました」

「それは話が違う。そう考えているのならあえて言うが、殺されたのはチェンバーズで、きみではない。次回も犯人の腕が悪ければ、撃たれるのはわたしかもしれない。だがわたしは逃げたりしないぞ、アーミテージ。捜査を下りたいなどと言わない。わたしの任務は捜査を続けること、それだけだ」

「はい。そ――そう思えればいいのですが、どうしても。し――神経過敏のせいです」

「なるほど。アーミテージ、あえて触れないでいたが、ミス・パルグレーヴがこれを知ったら何て言うと思う？　彼女が結婚したいのは警官――それとも――任務に怖気づいて元警官に成り下がる人物――どちらだと思う？」

「キティーはきっと理解してくれます」

「なら見上げた女性だ」

「ですが、わたしは辞職したいわけではありません。ただ一日か二日、静養したいんです」

バーマンは言った。「なるほど。もしチェンバーズ殺害犯人を『一日か二日』で逮捕したら、きみは喜んで戻ってくるだろう。事態が完全に収拾されなければ戻ってこないのだろう。やがて、ほかの事件の捜査が始まると、自らに危険が及ばない範囲で働く――だが危険だと察すると、再び『任務を外れ』たがる。わたしがそんな〝個人秘書〟を持ちたいと思うのか。見当違いだ、アーミテージ。市民を守る警官として登録されているんだ、自分勝手に働ける個人ではない」

そこでバーマンは言葉を切った。そして続けた。「さて？　任務に就く気になったか？」

アーミテージは性懲りなく言った。「無理です。数日、任務を外れないことには」

「なるほど。なら、とっとと『任務を外れ』ればいい、アーミテージ巡査部長」

バーマンは警察車両のドア口から外に呼びかけた。「バーケット巡査部長、来てくれるか？　本事件中、個人秘書として働いてほしい。アーミテージ巡査部長は体調不良で休む。さあ、座ってくれ。本事件の捜査過程を伝えよう……」

一巻の終わりだ、アーミテージは覚悟した。

第十二章　情け深いフィリップ・ヤング

1

それからの一時間、アーミテージはアールズコート近辺の通りを意味なくうろつきながら、バーマンとの話し合いがどこからおかしくなったのか、そして、期待していた理解や同情を得られなかった原因となる自らの失言は何か、を思い出そうとした。

そっけない返事が、最初からバーマンの怒りを買っていたのだろう。「できたら、やりたくないんです」と言ったのが露骨すぎて、同情を引きたかっただけなのに「反抗」とみなされた。

とにかくまずい、最悪だ！

だとしても、アーミテージに選択肢はない。この数日間は、事件に注力するそぶりを見せられないし、バーマンの捜査に加わることもできない――いつ撃たれて終わりになるか、びくびく待っている間は。

2

そこでアーミテージはノース・エンド・ロードへ戻って〈笑うオオハシ〉へ行った。フィリップ・ヤングがすでに来ていたので、向かいの席にどさりと座り込む。

「やあ」ヤングが言う。「ひどく具合が悪そうですね、アーミテージさん。また誰かに狙われているんですか?」

「勘弁してください、すっかり参ってるんですから。誰かに銃で狙われていると思うと怖くてたまりません。ベッドに横になっても何時間も眠れず、びくびくしていました。この辺りの道を歩く時には、首の後ろを撃たれるのではないか、と思っています。正直に言いますよ、ヤングさん。すべて裏目に出ているんです。わたしの手を見てください、震えが止まりません。まさに万事休すなんです。し――神経過敏の状態です」

「やあ、それは重症ですね。強い酒を飲むといい。ウイスキーをダブルで三杯もあおれば、元気になるかもしれません。ショックのせいですよね?」

「そう思いたいんですが、上司のバーマンには完全に臆病だと思われています。ショックでこんなにいらいらするでしょうか? ほら、昨晩チェンバーズと話しながらコネティカット・ストリートを歩いていた時には、恐ろしいことになるとは思ってもいなかったし――」

ヤングが割り込む。「脅迫状についてすっかり忘れていたんですか?」

「いや、覚えていました。でも上司の推理を聞いたら気にならなくなりました。数名と揉めましたが

――まあ、とにかく気にしなくなったとたんに上司とはぐれてしまって困り果てていたら、急にチェンバーズが凶弾に倒れて死んでしまった。そ――それで動転しました。チェンバーズは好きではなかったけど、それは別問題です。彼の最期の姿は決して忘れられない……でも、それが原因ではないんです、言ってることがわかりますか。あの銃撃を受けるのがわたしだったと思うと、ひどくショックで、参っているんです」

「どうしてそう思うんです？　上司から言われたんですよね、脅迫状は無関係で――」

「ほかにもいろいろあるんです。下宿の娘やその父親について話したのを覚えていますか？」

「もちろんです。それで下宿を出たんでしたね」

「狙撃者はあの家にいたんです。だから、すべてはっきりしているんですよ――それ以来ずっと気が気ではありません。娘にせよ父親にせよ、次を狙っています。そしてわたしは仕留められる。いまとなっては、脅迫状が無関係とは信じられません。『次は仕留める』と書いてありましたから」

「リリー・ロードで轢かれそうになったのが、本当にあなたの命を狙ってのことだったんですね、アーミテージさん、その人物は、二度目も仕留められなかったんですよ」

「ええ。でも三度目には仕留めるでしょうね。とにかく限界です。これに耐えられる人がいるとは思えません。確かに臆病なのは認めます、でも――」

「朝までぐっすり眠れば気分もよくなりますよ、アーミテージさん」

「眠ることすらできないんです。今日より眠れるとは思えません。横になっても心配事で堂々巡りしてしまうんです。撃たれて舗道に倒れ、死んでいる自分の姿を想像してしまって」

「気を静めたいんですね。いま話題になっているデキセドリン錠（パープル・ハート）（覚醒剤の一種）を服用するといいですよ

——あっという間に楽観的になるそうです」

「楽観的になる要素がありませんよ」アーミテージは反論した。「あるとしても、あと一日か二日で殺されるという時に、何の役に立つんです？」

「何かしら手を打つべきです——このままでは持ちませんよ。仕事もままならないでしょう」

アーミテージは言った。「仕事が手につかないんです。今夜、ルダル家へ行くよう上司に指示されましたが、一家が待ち構えていると思うと、どうしても行けません。わたしにとっては自殺行為だ、と上司に訴えました」

「そうなんですか？　上司はお気に召さなかったのでは？」

「はい。反抗だと言われました」

「それはあんまりですね」ヤングは言った。「怒ったとしても、あなたに手を差し伸べるべきじゃないですか。確か上司の方は理解ある人物だったんですよね？」

「いつもはそうです。でも今夜はそうではなかった。気持ちが落ち着くまで、こっちは仕事を数日、休ませてほしいだけなんです。最終的には認めてもらいましたが——」

ヤングは言った。「なら、いいじゃありませんか。数日で驚くほど効果があるはずです。その後は恐怖など吹き飛んで、また仕事に取り組めますよ。実際、口調も落ち着いてきたじゃないですか」

「そんなことありませんよ。そう聞こえるのは、このレストランの中では誰からも命を狙われないだろう、と思っているからです。一歩、店を出たら、また——コネティカット・ストリートのあの家に入らなければならなかったら、いや、前を通り過ぎるだけで——」

「数日後には平気になりますよ。違っていたら、今度会った時に夕食代を払いましょう」

アーミテージは元気なく微笑んだ。「ずいぶん励ましてくれるんですね、ヤングさん。ここで話ができてよかったです。賭けに応じますよ。気分がよくなったら、むしろこちらがごちそうしたいくらいです。でも――」急に口を閉じた。そして「ああ、どうしよう！」

「今度はどうしました？」

アーミテージがテーブルの上を凝視する。「あなたの皿の横にある二本のナイフが交差して、先の部分がこちらに向いています。どういう意味かわかりますよね。祖母が言い伝えに詳しかったんです。ナイフの先が向いている人物は死ぬそうです」

「それはでたらめですよ」ヤングが言う。「そんな迷信を信じるほど愚かだとは思いませんでしたよ、アーミテージさん」

「普段なら気にしませんが、いまは神経がこんな状態ですから――祖母はある日、昼食時に二本のナイフの交差した刃先が自分に向いていると気づいて、直したかったのに誰も取り合わなかったそうです――まやかしだ、と言って――その三時間後に祖母は亡くなりました」

「それはご病気だったのでしょう？　実際、交差したナイフには何の意味もありませんよ。迷信でも、それが意味するのは言い争いであって、死ではありません」

「それは祖母の説明と違います。ナイフの刃先が向いた先にいる人物は、一日か二日で死ぬ運命なんです。祖母がそうでした。ああ、お願いだから向きを変えてください。違うほうに、お願いです」

ヤングが言う。「何でもしますよ。でもどうかしていますね、アーミテージさん。一九六五年の警官なら、もっと現実的でないと」

ヤングは件のナイフを取ると角度を半分ずらし、刃先が通りに向くように置いた。

「これでいいですか？　五分以内に通りの誰かが倒れて死んだら、あなたの言い分を信じなければなりませんね。そうでなければ信じませんよ」

アーミテージは言った。「あなたはそれでいいでしょう。わたしのようにショックを受けていないし、誰からも狙われていないいんですからね。まったく！　少し咎められて、また不安になってきました。ねえ、あそこにいる娘さんを見てください、窓のそばの。いま、わたしをじっと見ています。顔ははっきり見えないけど、何だかキャロラインに似ています。あの娘はキャロラインだと思いますか？」

「わかるはずないでしょう？　そもそも〝キャロライン〟って誰です？　あなたが袖にした娘ですか？　とにかく、その人はここにいるあなたに何もしませんよ」

「キャロラインじゃないみたいです。でも、とてもよく似ている」

「どうでもいいじゃないですか。その娘のことは忘れましょう」

「そうできたらいいんですが。それにキャロラインの父親も。でも神経が弱っていると――いまのような状態だと、人を見るとルダルかもしれないと思ってしまいます。ルダルに会わないよう、脇道をすばやく歩いてきました。おそらく、わたしに危害を加えるつもりなどさらさらない他人でしょう。でも、いまのような心理状態だと幻覚を見てしまうんです。誰を見てもキャロラインかルダルに見えてしまう。通りを歩くと、頭部を銃で狙われている、と思わずにはいられない。まったくどうしたらいいんだか」

「わかりますよ」ヤングが言う。「いや、本気で言ってるんですよ、アーミテージさん。すぐにこの地区から離れなさい――できればロンドン市外に――数日。あまり長くはいけません、かえってよくない。戻ったら、仕事を再開すればいい。きっと元気になりますよ。仕事はしなくちゃいけません、墜落事故に巻き込まれた乗客だって、また搭乗しなきゃならないんですから。忠告を聞いて、元気になってください」

「そうできれば、ああ、そうできればいいんですが。せっかく助言をもらったんですからやってみますよ。そうだ、水曜日にここで夕食をとりましょう。その日までに英気を養いますから、会えば体調を判断してもらえますよね。もし元気になっていない、と思ったら、あの薬をくれませんか。入手方法をご存じですか？」

「デキセドリン錠（パープル・ハート）ですか？　ええ。夜ソーホーに行けば買えます。五十錠ほど入手しましょう。それでうまくいかなかったら、それまでです。でも、さっきの方法で効きますよ、薬なしで。さあ、そろそろお開きにしましょう。一緒に出ませんか？」

「い——いや、まだ。通りに出ることができません。じきに気分もよくなるはずですから、店を出てバスに乗って、ここから離れます。何マイルも離れれば安全でしょうからね」

3

ヤングが去ると、アーミテージはじっと座ったまま、心を落ち着かせようとした。

疲労感がひどい。気づくと汗をかいていた。ハンカチを出して両手と顔を拭う……。

部屋の向こうの、キャロラインと思った娘がいる方へ視線を向ける。いまはもっとはっきり見えた。違う、キャロラインじゃない。少しも似ていない。

それからテーブルに目を落とし、ヤングが向きを変えたナイフを見た。刃先はもうアーミテージを指していなかったが、じっと見据え、考えを巡らせた。ヤングがそうしたように、迷信だと笑い飛ばしてもいいのだが、アーミテージは、そのナイフが運命を象徴するとわかっていた。

第十三章　頼もしいキティー

1

ヤングの助言通りアーミテージは二日間ほど郊外へ行くつもりだったが、重要な問題一、二点を解決するまではロンドンを去るにも去れなかった。そこで、店を出ると、バスでロンドン警視庁へ向かった。巡査部長仲間の中で、特に親しい友人に留守中のことを頼み、官舎の自分の――というよりチェンバーズ巡査部長の――部屋へ行き、荷物をまとめた。

出発する前にすべき最重要事項は、当然ながらキティーと連絡を取ることだ。それにはいささか困難を伴うと予想できた。アーミテージは恋人に包み隠さず話すが……もちろんキャロラインについては伏せておく。確かにいままでキティーに嘘をついたことはなかった。今回は――その、現時点でどこまで話すかが問題だ。時間が経てばすべて話すことができる。だが、いまその必要があるだろうか――むしろキティーの気分に配慮したほうがいいのか――話すのはやむを得ないわけでもないのだから。

状況が現在のように悪いままなら、もしくはさらに悪くなったら――バーマンの個人秘書に戻してもらえなかったり、クビにされたりしたら――キティーにすべて打ち明ける必要があるだろう。というのも、それで婚約は破棄されるだろうから。キティーはアーミテージに否があると思うだろう……だが、全容を知ればそうなるのだから、故意に避ける必要はない。もっとも、事はそう運ばないのではないか、と何となく気づいていた。じきにバーマンは再び理解を示し、アーミテージへの仕打ちが無意味だった、と悟るはずだ。たぶん二、三日後にそうなるのなら――キティーには誠意を見せることになるが――わざわざ、いま取り越し苦労をさせる必要があるだろうか？

どのみちキティーは心配するだろう。アーミテージが窮地を脱するには、キティーを立腹させる事柄を伝えずに済ますのは不可能だ。つまり、いまもっとも重要なのは、キティーのためにも状況を悪化させないことではないか？

2

アーミテージは電話ボックスに入り、キティーへ電話をした。しばらく待って相手が出ると、アーミテージはおずおずと話しかけた。「やあ、キティー」

キティーが叫ぶ。「ブライアン？　いったい何が起きたの？　一日中、待っていたのよ、あなたが来るか、少なくとも電話をくれるのを。今朝、ひどい知らせを受けて生きた心地がしなかったわ。何者かに殺されそうになったんですって？」

「銃弾が十センチほどずれたんだ」

「でも無事なのね、ブライアン？」

「ひどくショックだった。縮み上がったよ」

「もう少しで人生から弾き出されるところだったのね、それは災難だわ。ブライアンったら、何故説明しに来てくれなかったの？」

「いや、どうしてもできなかったんだよ、キティー。バーマンと一日中聞き込みをした後で銃撃があって、それでショックを受けた後も任務に当たっていた。しまいには、立っているのもままならなくなった。バーマンからは――ショックを受けるのは理解できる――と、いったん休んで仮眠を取るよう言われた。それで午後六時まで横になっていた。その後――その、やることが山ほどあって、どうしても電話する暇がなかった。やっと、こうして時間が取れたんだ」

キティーは言った。「あら。そうなのね、こっちは散々――でも気にしないで。大事なのはあなたが生きていることよ、少し思慮に欠けたとしても。ブライアン、声が聞けて本当にほっとしたわ。気が気でなかったの、チェンバーズ刑事と一緒に銃撃されたのを伏せられているんじゃないか、と思って。これで安心してベッドで休めるわ」

「頼むからそれは少し後にしてくれ。会いにきてほしいんだ」

「ブライアンったら！　こんな状態じゃ無理よ。もうナイトガウンしか着ていないの。ちょうど入浴しようとしたら、電話だと呼ばれたのよ」

「服を着るのに五分とかからないだろう。できるだけ早く来てほしいんだ、キティー。どうしても聞いてもらいたい、すごく大切な話がある。ぼくのためにしてもらいたいことがあるんだ」

「結婚してほしいっていう話なら済んでるわよね。いますぐ、というわけじゃないけど」

ブライアンは言った。「いや、もっと大事な話だよ」

「あら。本気なの？　すぐにも結婚したい、と言われるのかと思っていたわ」

「ああ、キティー、そりゃ結婚したいさ。前よりもっと、そう思っているよ。でも違うんだ。その——全部、それにかかってるんだ。結婚も何もかも。きみの助けが必要だ、緊急なんだ。すぐに来てほしい。服なんて何でもいい。おめかしに三十分かけないでくれ。本当に緊急なんだ」

「まあ！」キティーが叫ぶ。「わかったわ、ブライアン。十五分でそっちに行く。いま、どこ？」

「ホワイトホール（ロンドンの官庁街）の〈アオスジアゲハ（ブルー・トライアングル）〉に来てくれ。静かな隅の席で一杯やりながら、頼み事を話すよ」

3

「さあ、がっかりさせないでよ、ブライアン」店で落ち合うとキティーは大きな声で言った。「緊急だから化粧もせずに来い、なんて言うくらいなんだから、よほどのことじゃないとね」

「簡単な頼みだよ。ルダル家へ下宿してほしいんだ」

「狙撃者がいた、例の家？」

ブライアンがうなずく。「ぼくが下宿していた家でもある」

「そこに下宿してほしいの？」

「ほんの二、三日でいいんだ」

「何故？」

「一家四人全員と仲良くなってほしいんだ。ぼくは皆に嫌われてしまったけど、きみなら好かれてうまくやれるはずだ」

「取り入るのは訳ないわ！　頼みはそれだけ？」

「い——いや、違うよ。でもその後のことは、きみがどれだけ一家に気に入られるかにかかってくるんだ」

「寛いだ一家が話してくれた内容を報告しろというの？　バーマンは知ってる？」

「いや。知るはずがない」

「でも殺人事件の聞き込みで、あの家に行くはずよ。かつらとサングラスで変装でもしましょうか？」

「四日間、夜から朝にかけて家にいて、ルダル家とはその時だけ会えばいいんだ。バーマンは昼に行くだろうから。〝ミス・パルグレーヴ〟とは名乗らないでくれるかな、そうすればバーマンに気づかれない」

「気づかれたくないのが見え見えね。バーマンに知られたら、逸脱行為をしたのは、あなたがまた狙われるのを避けるためだった、ということにする？」

「それは名案だ。ええと——大助かりだよ、キティー」

「それがかえって気がかりなのよ」キティーが言う。「どうして自分でやらないの？」

「ああ。その、きみのほうが得意だから」

「もう！」キティーが大声で言う。「そんなに気弱だから撃たれるんじゃない、ブライアン？　本当の理由は何なの？」

「一家に嫌われているから、もう下宿させてもらえないんだ」

「試してみればいいじゃない。断られたら、わたしが下宿する」

「ええと——それはだめだ。無理なんだ、本当に」

「どうして？　白状なさい、ブライアン」

ブライアンは座ったまま、そわそわした。ためらった末に口を開く。「その、実は、あの家に行くのが怖いんだ」

「バーマンがすでに聞き込みを始めているんだから、ルダル一家だって、自分の家であなたを襲おうとは思わないはずよ」

そこがキティーに伏せておきたい部分だった。

ブライアンは言った。「いや、一家から襲われるとは思っていない。ただ——その、ほかにちょっと。ほら——その——あの家にはキャロラインという娘さんがいるんだ」

「へえ、そう。その娘さんを嫌っているの——それとも気に入っているの？」

「いや、気に入ってなんていないさ——これっぽっちも。ただ——まあ、美人ではある」

キティーは言った。「その娘のせいで、あの家に行くのが怖いのなら、実に深刻ね。どのくらい深刻なの、ブライアン？」

「ほら、その娘は好色家なんだ、相当に。キャロラインは——実際、ベッドに行こうと誘ってきた」

キティーは黙っていたが、しばらくして言った。「ブライアン、その娘とベッドに行かなかったのが大事な話なの？」

「いや、違う、違う。キャロラインは断られたのが気に入らなくて、ぼくの顔を平手打ちしたんだ」

「へえ。で、あの家に戻ったら、その娘に叩かれるんじゃないか、と怖がっているのね？」

「気にしているのはそこじゃない。ただ——ほら、また誘ってこないとも限らないじゃないか」キティーは再び黙り、しばらくしてから言った。「それに『まあ、美人』だしね。言いたいのはそこなの、ブライアン？」

「い——いや、違う。違うよ、そうじゃない。そんなのはささいな点だろう？」

「そういうことにしましょう、いまのところは。ほかに告白することはある、ブライアン？」

「ないよ。ええと——いや、ない」

「あら？　なら、いいわ。これまでの話からすると、〝好色家〟のキャロラインから『ベッドに行こう』と言われたわけね——何の前触れもなく——たとえば、夕食の最中に。そんな感じだったの？」

「いや、違う。その、実際とは違う」

「信じませんけどね。こう言ったほうが自然かしら——平手打ちされた後なら、なおさら——その娘を励ましてあげたら？　『まあ、美人』なんでしょうから。キスはしなかったの、ブライアン？」

ブライアンは言った。「いや。そう、実はしたんだ。ついわれを忘れて、どうしようもなかった」

「なら仕方ないわ。あなたが決してなびかないタイプだと思うのも癪だもの」キティーは一瞬、黙った。そして、こう付け加えた。「それでも、そこでやめてくれて嬉しい」

「ぼくもさ」ブライアンは言った。

4

「ずいぶんはっきりしてきたわね」キティーは言った。「単純にその娘に会いたいわ——キャロラインという名だったわね？――どんな感じか見てみたい。フィアンセが危うくベッドを共にするところだったお相手がどんな娘か知るのは、若い女性にとって、すごく大切だと思うの。目指す基準がわかるじゃない？　それで、いつから始める？」

「今夜すぐに」

「それは急すぎない？　夜遅く行ったら怪しまれるわよ？」

「一家はそういうのに慣れているよ。ぼくだって遅く行ったんだ。一家はパブが閉まるまで帰宅しないのがしょっちゅうだから、一家がベッドに入る十二時までに行けば大丈夫なはずだ」

「それならいいわね。となると、することはひとつだけね、ブライアン。わたしが下宿人になって、一家と仲良くなり、内輪の秘密を打ち明けるよう仕組む――でも、それが役に立つのかしら？　誰かのためになるとしても、ほとんどあなたのためよね？」

ブライアンは言った。「そう、ものすごく、ぼくは助かるんだ。全容を解明することにも繋がる。狙い通りに事が進めば、証拠をつかんで、チェンバーズ殺害の犯人は刑務所行きとなる」

「それはすごいわ。あなたが言う〝証拠〟をつかんだら貢献できそう。できるんじゃないかしら――下宿できれば秘密をつかめると思う」

ブライアンは言った。「ぼくの後だから、若い女性は歓迎してもらえるはずだ。でも、どうして貸し間を知ったか、つじつま合わせをする必要がある。夜更けに女性が通りを歩いて部屋を探すなんて、不審がられるかもしれない。ミスター・トンプソンに勧められた、と話すのがいいかもしれない。ぼくの前の前の下宿人で、数か月滞在していたんだ」

「じゃあ、その人物を一家はよく知っているんでしょう。話が込み入ったら嘘を見破られるかもしれない。いい案を考えなくちゃ。明日の夜、官舎に電話して報告しましょうか?」

ブライアンはそこまで頭が回っていなかった。

「いや、だめだ」ブライアンは大きな声を出した。「宿舎にはいない。実はセヴンオークスの近くに住むジョナサン叔父の家へ行くんだ」

「セヴンオークス? でも何故? バーマンから指示が出ていないの?」

「ここ数日はね。バーケットが代わりを務めているよ」

「まあ? どういうこと?」

「ショックから立ち直るため、バーマンが任務から外してくれたんだ」

「キャロラインとベッドへ行きそうだったショック?」

「いや、もちろん違うよ。その、あんな脅迫や何かを受けた後で狙われたからさ。いや、その、いつまた撃たれるんじゃないかと考えると、気が気じゃないんだよ」

「それでバーマンは、親切にも任務から外してくれたのね?」

「その、そうだね。それに――まあ――キャロラインについても伝えたよ」

キティーは言った。「ほら、あなたが話し始めや応えるのに『その』とか言う時は、嘘かごまかしと決まっているわ。もっと抜け目なかったらいいのにね。今度の嘘はどうして?」

「嘘じゃないよ。バーマンにショック状態だと話したら――その、任務から外れていい、と認めてくれたんだ」

「重要殺人事件捜査の最中に? 信じられない。それに、ちっともショックで苦しんでいるように見えない」

「その――いや、少し大げさに言ったよ。ほら、あれこれ恐ろしい目に遭っただろう、それで任務を遂行できなくなってしまった。少し任務から外れる必要があるんだ」

「あなたの話を聞いてバーマンが許可したというの？」

「ぼくの話だけじゃないよ。ルダル家へ行って聞き込みするよう、バーマンから指示されたけど――その、できなかったんだ」

ブライアンはいったん区切ってキティーを見つめた。キティーはさほど気にしていないようだ。ブライアンは続けた。「ルダル家の夫妻や息子に話を訊ければよかったんだけど、そうするとキャロラインにも、となってしまうから――その、わかるだろう、これまでの話で。本当に無理なんだ」

「あらあら！」キティーは大きな声を出した。「その娘はよっぽど魅力的なのね。ぜひ見習わせてもらうわ」

第十四章　キティーの奮闘

1

　翌日、午後六時にキティーは電話をかけてきた。「成功したわよ、ブライアン。下宿できたわ」

「信じていたよ。トンプソンの名を出したのかい？」

「それは避けたかったの、危険って言ったでしょう。もっといい案が浮かんだのよ、帰る所がなくて困っているふりをしたの。ミセス・ルダルがそれはそれは同情してくれて、二階のお粗末なベッドに寝かせてくれる前に、温かいココアまでふるまってくれたわ」

「帰る所がないって？　その、どんな風に困ってるふりをしたんだい？」

「ひどい目に遭ったことにしたの、卑劣極まりない男性に。実際には『ひどい目に遭った』では済まないくらい。今週のある晩、カフェで声をかけてきた男性に、最初は好感を持ったの。その時はテーブルの向かいに座ったんだけど、次の日の夜になると横に座って、男性の手はフォークを持つより、わたしの膝を触るのに忙しくなっていた。コーヒーを飲む頃には、男性の腕がわたしの椅子の背に載り……それからわたしの肩に、そしてついには、ウエストに回された。男性は〝清々しさ〟とはかけ離れた――実に不愉快なタイプだった。そして昨日の夜には、これからホテルに行こう、と言いだした。そんなふしだらな女じゃないと言ったら、いつかはそうなるのだからいいじゃないか、すばらしい夜になる、と誘ってきた。それで逃げ出した。逃げ切れるか不安だったけど、男性が店のマネージャーに勘定を払え、と引き留められたので、何とか逃げられた」

キティーのいかにも楽しそうなクックックッという笑い声が電話線を伝わってくる。「ね、優しい家主ミセス・ルダルの同情を引くのに、いい話でしょう？」

「どうやってコネティカット・ストリート十七番地の貸し間を知ったのか、の説明がないね」

「まだだった？　ほら、そのひどい男性がまだ親切だった知り合った日に、貸し間について聞いたことにしたの。その男性は下宿していたけど、何らかの問題があって慌てて出ていった。下宿先の一家はいい人たちのようだったので、店を出たわたしは、とっさにそこを思い出した、そこへ下宿すれば隠れられるって。話を聞いたミセス・ルダルはとても同情してくれた。そしてココアを出してくれた時に、魔の手を伸ばしてきた、その非情なミスター・アーミテージの実態を詳しく話して――」

ブライアンはあえいだ。「まー――まさかぼくの名前を使ったんじゃないだろうね？」

「『名前を使った』だけじゃないわ。具体的な説明をしたの、思いつく限りの悪だくみを。一家はあなただと気づくと興奮していた。クラレンスは熱心に聞いていたし、ミスター・ルダルは、あいつならやりかねない、少しも驚かない、と言っていた。ミセス・ルダルは『まあ』と驚いて、カーペットを切り取るまでは、いい人だと思っていた、と話していたわ。そしてキャロラインは――あら、もうすぐ切れるわ、キャロラインの話だけのために、さらにお金を入れる必要あるかしら？」

「もちろんだよ。キャロラインは何て言ってた？」

「何も。でも家族がいたからよ。ふたりきりになったら、あなたについて訊いてみる」

「参ったな！　何もぼくの話をでっち上げる必要はないだろう、キティー。いいかい、キャロラインの話を信じたりしないでくれよ？　嘘で塗り固められた――」

「とは限らないわよ、ブライアン。あなたっていう人について、改めて考えているの。昨日の夜、話してくれた内容とカフェでの様子の話を併せると、実に嘆かわしい性格だもの。あなたといて安全な女性はいないわ」

電話での会話はいつだって不便なものだ。相手が本気かどうか、目を見て判断できないのだから。まさに、その状況にいるブライアンは――キティーが深刻な調子で話す理由がわからない時にはいつだって――困惑してしまう。

それでブライアンは言った。「で――でも――きみの作り話を加えたらだめだよ」

「ミセス・ルダルは丸々信じたし、間違っていないと思うから、真実みたいなものよ。わたし、なかば信じかけているわ、ブライアン――今度会った時に誠意を見せてくれれば別だけど」

ブライアンはあえぎ、咳き込んでしまい、通話時間三分間の半分近く経っても落ち着けそうになかったので、キティーは言った。「ほかに何かある？　もちろん、まだ気が抜けないけど、夜には寛げそうだわ。とにかく一家からは、行方知らずだった娘が戻ってきたかのように歓迎されているし、ミスター・ルダルもわたしが女性警官だなんて少しも疑っていない。何か特別な指示はある？」

「ど――どうか忘れないでくれよ、明後日がきみの誕生日だってこと」

「違うわ」

「そういうことにするんだよ、明日の夜そう言えば、すごく役立つんだ」

「ブライアン、わざとわかりにくく言っているの？　承知しているはずだけど――いつもあなたに言っているから――警察の任務では、そうやって話すだけじゃなくて、裏付けのある証拠を示すものなのよ。それでわたしは祖父母から誕生日カードを受け取る必要があるの。この後、新しい住所を祖父母に手紙で伝えれば、明後日には祖父母からカードが届くわ」

「でもキティー、祖父母はきみが十代の時に亡くなったはずじゃ」

「そうよ。だから代わりにあなたが送って。こう書いて、『かわいいローズマリーへ、愛を込めて』」

「ローズマリー？」

「忘れたの？　バーマンが聞きつけた場合に備えて、キティー・パルグレーヴと名乗っちゃだめだって言ったのはあなたよ。だからわたしはローズマリー・ウォールアップ。スペルはW、a、l、l、u、p。何だか結婚したくなってきたわ、そうしたら名字が変わるのよね。ミス・ウォールアップ宛にカードを送ってくれるわね？　ほかに訊きたいことはある？」

「気になるのは――その、キャロラインだな。嘘八百をきみに吹き込むだろうけど、信じちゃだめだ。絶対だよ、キティー」

「ああ、そのこと。もちろん、本当のあなたと嘘のあなたを区別するようにするわ。どちらがひどいかしらね？」

2

翌日の夜、再びキティーが電話してきた。「絶好調よ。一家と夕食をご一緒して、寝る時にはココアを出してくれた。クラレンスは鉛筆を削ってくれるし――わたし、秘書をしていることになっているの――ミスター・ルダルは取り立てに応じない客について、面白おかしく話してくれる。みんな本当にいい人たちよ、ブライアン。俗に言う『実に尊敬すべき中産家庭』そのもの。それを唯一ぶち壊しにしているのは、一家に殺人容疑をかけている恐ろしい警官たち。特にひどいのがバーマン警部。昨日も今日もやってきて聞き込みをしてた。特にミセス・ルダルにはしつこいの。というのも、事件当夜、部屋を貸していたけれど、それ以来下宿人を見ていなくて、しかもその人物が確かにいた証拠を挙げられないから」

「それについては充分承知しているよ」ブライアンは言った。

「誰も下宿人を見ていないから、ミセス・ルダルが架空の下宿人を創っているってバーマン警部は考えている。警部は今朝キャロラインにも聞き込みをして――幸いにもわたしが外出した後に――キャロラインを泣かせてたわ」

「犯人はキャロラインだとバーマンは推理しているのかな――ぼくを撃ち損ねたと思っているんだろうか?」

「ええ、そうね。最初ひとりでキャロラインに聞き込みをして、それから警視庁へ連行して尋問し、殺人容疑で告訴したわ。犯行時、あの部屋にいなかった、とキャロラインは断言したけど、それを裏付ける証拠がない――その夜に限らず、ね。最終的には解放されたけど、キャロラインはまだ、ひどく神経過敏よ」

「キャロラインはおそらく嘘をついているよ」ブライアンは言った。

「チェンバーズを撃った犯人だと思っているの?」

「ミセス・ルダルの話が本当で、下宿人がいたのなら、キャロラインは接近したはずだ――つまり、その部屋に行ったはずだ。指をくわえて男性を待つタイプじゃないんだ」

「キャロラインから聞いた話とは少し違うわね、ブライアン。自分はとても真面目だけど美人だとは自覚している。だから男性につけこまれがちだ、って言ってた。これまでで特にひどかったのは……アーミテージという人、ですって。会った初日に迫ってきたって言ってた」

「えっ。そんなこと、してたまるか」

「キャロラインの言った通りだったら、それこそ、たまったものではないわね、ブライアン。キャロラインは朝早くネグリジェ姿でバスルームに行ったんですって、誰もいないと思って。そうしたら、あなたになめまわすように見られて、プロポーションについて言われたって」

「でたらめだ。そんなこと言っていない」

「キャロラインの話では、あなたがそう言ったことになってる。それで別の夜には、キャロラインが湯たんぽにお湯を入れにキッチンへ向かった物音を聞きつけて、あなたは後をつけて――その後の言葉はとてもじゃないけど言えない。ブライアン、実は自制できないタイプなの？　キャロラインのネグリジェを無理やり脱がせて――」

「いや、違う、やってない。誓ってやってないよ、キティー」

「実際どうだったかは知らないけど、キャロラインはネグリジェを脱がされそうになったと言っていたわ。物音に気づいた父親が確かめに来なかったら裸にされるところだったって――」

「そんなこと、したことないよ」

「ただキッチンの食器棚に寄りかかってお上品に話をしていた、って言いたいの？」

「くそ。その、キャロラインとキスをしたことは話しただろう」

「てっきり別の時にキャロラインの寝室でキスしたんだと思っていたわ。キッチンというのは、そういうことと、かけ離れた場所だと思っていたから――」

「キ――キャロラインのほうから抱きついてきたんだ。こちらからは何もしていない。キャロラインの後などつけていない。ナイフを取りに行ったんだ。そうしたら向こうが迫ってきて――その、首に腕を回してきた。確かに、少しわれを忘れたのは認めるけど、それだけだ。本当だよ、キティー」

キティーは言った。「実は、キャロラインの話はまったく信じてないの、細かいことも」

「それはよかった。キャロラインが嘘をついている、とわかってくれている限り――それにしても、嘘を並べ立てて、キャロラインは何を期待しているんだろう、さっぱりわからない」

「あら、簡単よ」キティーが応える。「キャロラインは映画館の切符売り場という冴えない所で働いているでしょう。だから〝楽しみ〟でその埋め合わせをする必要があるのよ。少し不運――長い目で見れば、キャロラインにとってはかなり不運――なのかもしれないけど、キャロラインの考える〝楽しみ〟は、寝室でのアクティビティに限られている。あんなにかわいらしい女性なら、それを利用するだろうし、肉体的な意味で魅力的な男性たちが、彼女を一番満足させてくれるのだと思う。だからキャロラインはそうしている。ただ、ルダル夫妻がそれを容認しているのが理解できない。あなたはどう思う？　夫妻は知らないふりしてるし、夫妻に訊かれたら、わたしだって知らないふりをする。キャロラインは清純だから質の悪い下宿人につけこまれてしまうと考える夫妻に倣って、わたしもそう思おうとしているの」

「はん！　どうしてキャロラインはそんな話を？　何故、黙っていなかったんだ？」

「わたしと一緒に寛いでいたからよ。わたしが男性との冒険についていろいろと話したから、きっと――わざと、そう仕掛けたんだけど――キャロラインも同じような話をでっち上げないと、見くびられると思ったのね。だから話をしてくれた。最近の情事から過去にさかのぼっていって、好色な男性にとって、たまらなく魅力的な女性に自分を仕立て上げた。それで、あなたの話を信じなければ、と思った――迫られたけど必死で抵抗したという話をね、ブライアン。キャロラインのほかの話は本当かどうかわからない、とても嘘っぽかったもの。おそらく願望ね。これまでのところキャロラインはすごく楽しんでいるとは言えない――もし楽しんでいたら、の話だけど。条件はすべて整っているけどね。ハンサムでたくましい若者に〝楽しみ〟を期待できたら、キャロラインは――」

「わかった、充分だ」ブライアンが口を挟む。「ぼくだって、そう望んでいたらわからないが――実際には先へは進まなかった――まったくね。とにかく、キスより先には。あの、キティー――その――きみの『男性との冒険』をキャロラインに話したのは、どういうつもりだったんだい？　訊かないほうがいいなら、やめておくけど――」

「心配ご無用よ」

「もちろん、そうさ。少しもね。それでもかまわないし――」

キティーは言った。「ウォールアップ」

「何だって？　回線がおかしいな、聞こえない。何て言ったんだい？」

「『ウォールアップ』って言ったの。ローズマリー・ウォールアップ。男性との冒険をした当の本人」

「ああ」しばらく沈黙があった。それからブライアンはゆっくり言った。「つまり、きみじゃなかったんだ？」

「その通り。わかってるじゃない。男性との冒険は、ローズマリー・ウォールアップ用の人物設定の一部よ。ブライアン、念のためお伝えしますけど、あなたの将来の妻は、新雪（ヴァージン・スノー）のように無垢ですからね」

「ああ」ブライアンは言った。「最高だ。つまり、それ以外、想像したこともなかったよ、もちろん」

「それでも尋ねる権利はあったわよ」キティーは言った。「結婚に対する相互信頼には多くの意味があるでしょう？　いままでこれっぽっちもあなたを疑ったことはなかったわ、ブライアン——キッチンでキスしたと聞くまでは。あなたを見守るために、いつかあなたと結婚するべきだ、と思ってる」

「へえ。本当に？　すぐにでも？」

「ネグリジェ姿の美人にあなたがまた出くわす前に」

「うん。きみはセヴンオークスに行ったことがないだろう？　美人がごまんといて、たくさんの店でネグリジェを売っているんだ。だから、よかったら——」

「よかったら、なんて言わないに越したことないわ」キティーが切り返す。「あなたのためにならないわよ。話題を変えましょう。ローズマリー用の誕生日カードを送ってくれた？　知ってるかしら。本当に奇妙な偶然なんだけど、明日はキャロラインの誕生日でもあるの」

「キャロラインから聞いたよ」

「直接、聞いたの？　隅に置けないわね、ブライアン。これまでのところ、ずいぶんずる賢いじゃない。とにかく、キャロラインにわたしの誕生日を教えたらキャロラインも話してくれて、明日の夜、誕生祝いに街に繰り出そうって言われた」

「それはいいね」ブライアンは言った。「いや——家族も一緒だと、さらにいいな、お祝いをするなら」

「あなたもそのつもりだったのかな、と思ったの。それでミスター・ルダルに話してみたら賛成してくれて、勘定を持ってくれるそうよ」

「すばらしい。ええと――〈笑うオオハシ〉はいいレストランで、ルダル家のすぐ近くだ。パブハウス〈金の竜〉の反対側だよ」

「ミスター・ルダルは、キャロラインとわたしで場所を決めていいって言っていたから、そこを推薦することにする。具体的には何時ごろがいい？」

「八時過ぎはどうかな？　あのね、キティー、ぼく、明日ロンドンに戻るんだ。だからきみたちが夕食に出かける前、午後六時から七時の間に官舎に電話してくれるかい？」

「その間、ネグリジェを見に行かないと約束してくれるならね」キティーは応えた。

第十五章　クライマックス

1

　アーミテージは翌日ロンドンへ戻った。気分は浮き足立っていた――事実、幸せの絶頂にいた。天国まで飛んでゆきそうになるのを抑えているのは、自分が崖っぷちにいて、いつ足を滑らせるかわからないと自覚しているからだ。

　これほど舞い上がっているのは、キティーから〝すぐ〟に結婚を、と言われたからだが、アーミテージの立場は危険と隣り合わせだ。というのも、アーミテージがバーマンにクビにされたも同然なのを、キティーはその時、知らなかったからだ。キティーは一筋縄ではいかない。貧乏な元警官と結婚するのは気が進まないかもしれない。それに――園芸について延々と話しかけてくるジョナサン叔父との二日間で痛感したのだが――バーマンも一筋縄ではいかない。部下の反抗を臆病で許しがたい、とみなし、いまさら説明しても訊く耳を持たないかもしれない。状況がさらに悪化したら説明どころではないだろう。

　だが、くよくよ考えても仕方ないので、アーミテージは不安を何とか頭から追い払おうとした。警視庁へ行き、不在の間の出来事を確認する。大部分は関係なかったが、ある一点については、たとえバーマンが耳を貸す気がなくても、説明できるものだった。

そしてキティーとの会話もある。アーミテージは〝秘密主義〟をやめ、意図をきちんと話した。聞き終えたキティーの声は興奮を帯びていた。そんなに冴えているなんて見直した、と言われたアーミテージは、すでに結婚したかのような心持ちになった。キティーが本当にその気なら――。

それもバーマンの判断次第だ。

もし機嫌が悪く、聞こうとしないなら――

2

バーマンとの会話は電話にした。自分の報告をきちんと伝えたくて相手の質問に応えたくない時には、便利な手段だ。

電話が繋がった時、アーミテージは言った。「ええと――アーミテージです」

「電話を回してくれた署員が、そう言っていた」

「あ――あの、お話がありまして」

「だろうな。でなきゃ、電話してこないはずだ」

「はい、確かにその通りで」

バーマンが何も言わないので、アーミテージは言った。「もしもし？　聞こえますか？」

実に冷ややかな声がした。「ああ、聞こえてるとも、アーミテージ巡査部長。話したいというから待っているんだ。だが夜の間ずっと、というのは無理だぞ。用件は何だ？」

「い――いろいろお願いしていますが、頼みを聞いてほしいんです。とても重要なことなんです、本当に」

「おそらく、わたしにはそうじゃないだろうが。何だ？」

「今夜八時にノース・エンド・ロードにある〈金の竜〉の前に来ていただきたいんです。そして待っていてください。向かい側にレストランがあります――店名は〈笑うオオハシ〉です。その店からわたしが出てくるのを見たら、すぐに道路を横切って、近づいてきてほしいんです」

「なるほど。それで、その後は？」

「ええと、その、何が起きるかによります。それに、警部が見知っている人物がいるかどうか、にも。わたし以外に、という意味ですが」

「なるほど。その仕事をバーケット巡査部長に頼んじゃいかんか？」

「いや、だめです。どうしても警部じゃないと」

「なるほど」バーマンは再び言った。「どうやら心持ちはよくなってきたようだな、アーミテージ巡査部長？」

「ええ、いいです。少なくとも、よかったです。い――いまは、あまりよくありません」

「なるほど。言う通りにしたら、最近のきみの風変わりなふるまいの理由を教えてもらえるのか。そうなのか？」

「それはもう。説明したいのは山々なんですが」

「いまは時期尚早なんだな？」

「は――はい。いまはまだ、よろしければ」

「実のところ、よろしくはない。夜、署員を配備する分には問題はないが、自分が行くとなると話は別だ。だが、それほどの理由があるというなら――筋の通ったものだと思うが――言われた通りにしよう。じゃあ、八時に〈金の竜〉の前だな」

「少しお待たせするかもしれません。キティー次第です」

「ああ、そうなのか?」バーマンは言った。「キティーも加わっているなら、少しは気も楽になるというものだ」

3

名将たちに倣い、突撃する前に軍勢が定位置についているか、アーミテージは事前に偵察した。通りの向かい側の〈金の竜〉の前にバーマンが、そしてレストランのウィンドウ越しにルダル一家と隅のテーブルを囲んでいるキティーが見える。

ルダル一家がメニューに見入っているタイミングをとらえて、アーミテージは店に入った。一家やキティーに気を留めずに、いつものテーブルへ向かい、壁に面するほうの椅子を引いて座る。

壁を背にした向かいの席には、すでフィリップ・ヤングが座っていた。

「やあ、アーミテージさん。調子はどうです? 気持ちは落ち着きましたか?」

「むしろ元気なくらいで、明日には仕事に戻りたいと思っています。もちろん、どうなるかはわかりません。まだ上司のバーマンに会っていませんし、バーマンなりの考えがあるかもしれませんから。

でも報告した暁には、温かく迎えてくれることを期待しています」

「報告？　休職していたのではなかったですか？」

「はい。もちろん、自分の体調についての報告ですよ。最後にあなたと会って以来、仕事を休んで郊外のセヴンオークスへ行っていたので、赤カブやキクの栽培方法という、退屈極まりない話を嫌というほど聞かされました。それこそ畑違いなのですが、叔父が話してくるものですから、むげにもできなくて。どれほど眠くなるか想像もつかないでしょう。叔父はいい人なんですが、ひどく――」

　ウェイトレスがテーブルに近づいてきたので、アーミテージは口をつぐんだ。

「また、いらしたとは」ウェイトレスは言った。「ずいぶん度胸があるんですね。それとも返しにきたんですか？」

「返しにきたって、何を？」

「知らんぷりはやめてください。もう少しでとばっちりを食うところでした。マネージャーに疑われて、身に覚えがないとはっきり言いました。そのうちに、あなたが盗ったとわかったんです。あなたが店を出る直前まで席の前にあったのに、数分後にテーブルを片付けに行ったらなかったんですから」

　ヤングが口を挟む。「この娘はいったい何の話をしているんですか？」

「わたしがテーブルナイフを盗んだ、と訴えているんだと思います。一シリング六ペンスほどの価値でしょうか。持っていったのは事実なんです、その必要があって。ほら、あの夜、あんな状態だったでしょう、ヤングさん。交差したナイフの刃先を向けられた人物は命を落とす、と聞いていたので、どうしても持ってかえって、オリーブオイルで邪気を洗い流すしかなかったんです。今夜、返すつもりだったんですが、うっかり忘れてしまって。でも弁償しますよ」アーミテージはウェイトレスに話しかけた。「それで解決でしょう？　勘定につけてくれればいい」

「そんな大げさな話じゃないですよ」ウェイトレスは言った。「あなたも、邪気とやらも！　でも弁償するというなら、マネージャーにどうするか訊いてみます」

ウェイトレスが注文を受けて立ち去ると、ヤングは言った。「あなたは迷信にとらわれ過ぎだと思いますよ、アーミテージさん」

「普段は平気なんですが、三日前の夜から、どうも調子が変で。わかってもらえるかどうか。神経過敏になると辛いものですよ。まるで――」

アーミテージは無駄話で時間を稼いだ。キティーが早く来て手腕を発揮してくれればいいのに！だがキティーだって全部は無理かもしれない、そうなると計画全体が台無しだ――バーマンはこれまで以上に怒るはずだ――警察でのアーミテージの将来も、キティーとの結婚もなくなるだろう。いったいどうしたものか――。

ふと顔を上げると、キティーが目の前に立っていた。

「あら、やっぱりあなたですね、ミスター・アーミテージ」キティーが叫ぶ。「後ろ姿を見ただけで、そうに違いないと思ったんですよ。お元気ですか？」

「そう悪くはありません。お――お会いできて本当に嬉しいです」

もう何の心配もない。バーマンとの件もすべてうまくいって、キティーと結婚するんだ。アーミテージは立ち上がってテーブルの上で踊りたいくらいだったが、変人と思われかねないだろうし、いまはまず、すべきことに集中すべきだった。

「友人を紹介していいですか？」アーミテージは言った。「ミスター・フィリップ・ヤング、こちらは」そこで――ぎりぎり思い出し――「ミス・ローズマリー・ウォールアップです」

キティーは「初めまして」と言い、数分雑談をして立ち去った。またふたりきりになると、アーミテージはメニューを手に取り、ヤングに渡した。「次は何を頼みます？」

4

糖蜜タルトは以前食べた時には実に美味だったが、今日のアーミテージには味が感じられなかった。ヤングとこうしてテーブルを囲んでいる気はさらさらなく、この店へ来た目的の任務にかかりたかった。だが、決定的瞬間までいつものようにふるまうのが、アーミテージの計画では重要だったので、食べて話して、レストランでのいつものいつもの食事のように過ごさねばならない。

最後に勘定書きを受け取ると――アーミテージのものには、テーブルナイフ代と思われる五シリング六ペンスが加算されていた――ヤングが言った。「あなたの分も払いますよ、アーミテージさん。賭けましたよね？　明日、復職するなら、あなたの勝ちです」

「確かに、明日には上司のもとで働いていると思います」アーミテージは言った。「こうして食事やおしゃべりを一緒にできたおかげで、元の自分に戻れました」

ヤングが二人分の支払いをしている間、アーミテージは横に立って待ちながら、キティーとルダル一家に視線を向けたくなる衝動を抑えた。出入口でアーミテージは立ち止まって言った。「覚えていますか、ヤングさん。二度目に会った夜、道路が滑りやすいから腕を組みましょう、と言ってくれたのを？　今度はお礼に、あなたの腕を支えますよ」

「今夜は少しも滑りやすくないですよ」

「それなのに滑ったら申し訳ないですから。こうして腕を支えれば平気でしょう？」

空いているほうの手でドアを開けると、バーマンが通りの向こうからやってくるのが見えた。少し時間稼ぎをするためにアーミテージは言った。「これから警視庁へ行くんです。あなたもそちらの方向でしょう？」

「いえいえ。方向が違います」

バーマンが近づいてくる。アーミテージは言った。「いや、同じはずですよ。フィリップ・ヤング、あなたをリチャード・チェンバーズ殺害事件に関与したとして連行します」

ヤングはとっさに後ずさりしたが、その腕をアーミテージがしっかり握っていた。

第十六章　人物―手段―目的

1

容疑者を留置所に収容したバーマンとアーミテージは、署内のバーマンのオフィスにいた。厳粛にバーマンは言った。「今回の件では実に意気揚々としているな、アーミテージ巡査部長。だが、本当のところ、立派なレストランで、証拠についての事前説明なしに一般市民を殺害容疑で連行するのには慣れていない。きみの失態で無実の人を連行したのでなければいいのだが」

「ヤングは犯人ですから、大丈夫です」

「すると何らかの証拠があるんだな？　チェンバーズ襲撃の拳銃を容疑者は所持していなかった。ヤングの家で見つかると目論んでいるのか――奴はどこに住んでる？　きみが当てにしているなら――」

「家で見つかれば立件確実です」アーミテージは言った。「ですが、その可能性があるとは思えません。チェンバーズの体内から摘出された銃弾で銃を特定できるとヤングは知っているはずですから、すぐに投棄して、次の犯行に備えて別の拳銃を調達するつもりだったのでしょう。ヤングは愚かではありませんし、こちらも、彼があああいう動きをするとは予想できませんでした」

「すると、ほかに証拠があるのか？」

「それはもう。すべてつじつまが合います。最初からヤングだと突き止めていました」

「殺人犯としてか？」

「その、そこまでは。でもとにかく、拳銃から弾丸が発射された時、あの部屋にいた人物があの男です。ヤングは、ミセス・ルダルの供述にあった下宿人です」

「彼が？　誰が確認した？」

「ミセス・ルダルです」

バーマン警視は言った。「まったく。本当にそんな証拠で逮捕したのか？　わたしの推理ではルダル家の娘が最重要容疑者だ。訪問した時、聞き込みを始めるや否や、一家は雲行きを推測して、下宿人の話をでっち上げた——ミセス・ルダルのみ面識があり、それ以来、見かけていないという人物を。そんな下宿人が存在したという、ごくわずかな証拠もない。これから圧力をかければ、ミセス・ルダルは別の人物を作り出す——誰にだってできる。ミセス・ルダルにとって身元確認はお手の物だ」

「ええ、でも実際には、そういう感じじゃありませんでした」

「そうだったように思えるが」バーマンが言い返す。「もっと確実な証拠をきみが提示できなければ、あの男は釈放しなければならない」

2

手短なノックの後、キティー・パルグレーヴが部屋に飛び込んできた。「やっと何とかルダル家から逃れてきました」パルグレーヴが大きな声で言う。「急に頭が痛くなったふりをしたんです。アーミテージは見事でしたよね、警視？」

「見事？　アーミテージは無実の人物を連行したようだ。証拠について尋ねたら信憑性がなかった。ミセス・ルダルは警察に証言するだろう――」

「しませんよ、夫人は。認めたんです、わたしが警官だと知らずに。それに、キャロラインもあの男性を認めました」

「だがキャロラインはヤングと面識がない、と言っていた」

「警部にはそう話しただけです。警部、キャロラインには下宿人の部屋を訪問する習慣があります――困ったことですね？　下宿人が決まるとすぐに、キャロラインの言うところの〝楽しみ〟を提供してくれる人物かどうか、確かめに行きます。ただ、それを両親に知られたくはないので――警部は夫妻に話したらよかったのかもしれませんが――ヤングと会ったことがあるとは認めませんでした。ですが、実際には下宿人の部屋へ行ったんです」

「きみにそう話したのか？　キャロラインと懇意なようだな、ミス・パルグレーヴ」

「それはもう。キャロラインとは、もう親友です。警部、ブライアン――アーミテージ巡査部長――に促されて、今夜は〈笑うオオハシ〉で、一家とキャロラインの誕生祝いをしたくらいです。アーミテージが壁に向かって座り、ルダル一家からヤングが丸見えにならないようにしました。特に誘導もせず――しませんでしたよ――ヤングを、いなくなった下宿人だと家族の誰かが見抜いたら、アーミテージのテーブルに近寄って何か言うことになっていました。話題は自由でした。何かしら話しに行ったことで、ヤングを下宿人と断定した、と示しました。アーミテージの作戦に基づいてわたしが動き、証拠が揃ったとアーミテージが判断した時点で連行に至りました」

「なるほど」バーマンは言った。「念入りに計画したとは思う。だがそれでも、証拠は限定的だ。ミセス・ルダルとキャロラインは、消えた下宿人の代わりとなる人物が必要で――たまたまヤングを選んだんだ」

アーミテージは言った。「妙だとお思いになりませんか、わたしが容疑者とみなした人物を、ふたりがたまたま選ぶなんて？」

「少しも。ふたりはおそらくきみに気づいた。きみに悪意を抱いていたので――何かしらの理由で――きみと親しげにしている人物を悪党として訴えられる、と思ったのだ」

「ミセス・ルダルとキャロラインは正しかったことになりますね――実際にヤングは悪党です。犯罪履歴課にも登録されています」

バーマンが鋭く切り返す。「どうしてそれがわかる？」

「首尾よくいったんですよ、三日前の夜の食事中に、ヤングはテーブルナイフにはっきり指紋をつけました。そのナイフを鑑識に回して指紋を検出してもらい、犯罪記録と照会しました」

「なるほど。ヤングは名の知れた犯罪者だったのだな？」

「殺人の無期懲役から釈放されたばかりです。フィリップ・ヤングと名乗っていましたが、本名はトニー・ペニブローです」

「ペニブロー？　聞き覚えがある」

「そのはずです。事件を調べたところ、ペニブローを有罪にしたのは警部でしたよ。今夜わからなかったのは、十年の刑務所暮らしでひどく風貌が変わったためでしょう――特に、当人が外見の変化を望んでいたら、そうなります。ペニブローの裁判を覚えていらしたら、警部が余計なことをしたから有罪になった、と奴がひどく怒ったのを思い出すでしょう」

「なるほど」バーマンは言った。「少なくとも、話が見えてきた気がするよ、アーミテージ」

3

一瞬考えた後にバーマンは言った。「どのように推理したのか教えてくれ、アーミテージ」

「脅迫状を通じてです。警部はチェンバーズの仕業と結論づけましたね、殺人を計画している人物が脅迫状を出すことはない、と。警部は――わたしが銃撃されるとしたら、わたし宛に来た手紙に、説得力のある説明を考えるよう促しました。その後わたしは――どうやら――銃撃されました。脅迫状のこともあり、『説得力のある説明』を見つけたほうがいい、と考えました。思いついた唯一の案は、わたしを殺したくなるようヤングを差し向けた人物がいる、というものでした。ですが、考え得る限り、首謀者にはわたしを謀殺する動機がありません。何者かがわたしを謀殺しようとして、たまたま別の人物を撃った場合は、不起訴になる可能性があります」

「それでも謀殺には変わりない」バーマンは言った。「法律に則ると、ある人物が悪意から計画的に

〝A〟を銃撃し、誤って〝B〟を殺害したら、たとえ〝B〟への悪意や動機がなくても、悪意を伴うものとして法律上は謀殺となる」

「それは承知しています。でも、狙撃犯がわたしを殺そうとした理由がどうしても見つかりません。誰が容疑者でも、狙撃犯には当てはまらないんです。つまり、殺人犯は第一段階として、あの脅迫状を手段として、何者かがわたしを狙っている、と思わせる必要がありました」

「なるほど。車に轢かれそうになったのも、その流れか？」

「直接的には違います。あれは第三者の運転が単に乱暴だっただけです。でも、脅迫状に組み込むヒントになりました。それで実感したのは——そして、わたしの話を聞いて脅迫状を見た人たちも——すでにわたしの命は狙われていて、次もある、ということです」

「その推理はかなり冴えているな、アーミテージ。実に冴えている。確か、まだ言ってなかったな、犯人の意図はチェンバーズ巡査部長の殺害だと？」

「いや、違います。あれはチェンバーズの運が悪かったんです。千に一つのタイミングで、あの夜たまたま声をかけて、コネティカット・ストリートを一緒に歩きました。わたしの行動を予想している人物なら誰だって、いつも通り警部と歩いていたはずだ、と思ったでしょう」

4

バーマンは言った。「何故あのヤングという男に嫌疑をかけたんだ？　当初は推理が正しいとわからなかったろう——独創的な推理にすぎなかった。そして、正しかったにせよ、特定の人物を殺人犯とするものではなかった。ルダルか……もしくは誰か別の人物のはずだった」

「いや、その発想ですと、範囲が限られます。わたしの推理では、警部に対して殺意があり、わたしがアシスタントとして同行している、と知っている人物でなければなりません……同時に、リリー・ロードでの一件について知る人物である必要があります」

「確かに」バーマンは言った。「それでルダルを排除したんだな?」

「その通りです。ルダルは警部に個人的な恨みがあってよかったはずですが、動機としては根拠がなさすぎます——過去に有罪にされた悔しさを晴らすのでなければ。何故なら、ルダルは犯罪記録にないからです。以前、わたしにそうおっしゃったのを覚えているでしょう、ルダルについて最初に話した時です」

「なるほど。それでも、ルダルがそのような恨みを抱いていてもよかったはずだ」

「はい、ですがほかの点はいかがです? ルダルは自動車の件は知っていましたが、それだけです。脅迫状が届く前、警官か、とルダルに訊かれましたし、警部のもとで働いているのかもしれない、と示唆しました——ルダルがときどき〈牡鹿とヤマアラシ〉へ行くのをわたしが知っていたからです。でもルダルは事前に知ってはいませんでした——殺害計画を立てる前に、ルダルはそれを確実に知る必要があったのに。わたしが警部に同行しなかったら、ルダルは決行できないからです」

「それに、こうも言える」バーマンは言った。「ルダルはきみと口論となったから、きみに殺意を抱く動機は充分にある、と推理できた。ルダルがわたしを銃撃し、きみが生き残ったら、きみは口論について報告し——まあ、誰が捜査の指揮を取ったにしろ、ルダルを容疑者とみなすに足る状況になっただろう」

「はい、確かに。そういうわけで、ルダルを除外するのを認めてくださいますね？」

「ああ。ところで、アーミテージ。われわれがマッケンジーの事件について初めて話し合った時に話を戻すが、ルダルと彼の妻子は完全にシロだ、とわたしが主張したのを覚えているか？」

「当時は、しばらくそうは思えませんでした。ルダルを凶悪犯と考えていたので」

キティー・パルグレーヴが割り込む。「ルダルへの接し方が悪かったのよ、ブライアン。わたしがしたように、愛想を振りまいていたら――」

「ミス・パルグレーヴ、おそらくアーミテージはもっと複雑にとらえていたのだろう。さあ、ヤングに話を戻そう」

「ルダル一家を除くと、警視庁外で自動車の事件を知っていたのは、ヤングだけです。それで嫌疑をかけました。警部について、そして警部が誰と働いているか訊かれるのではないかと予想しました。するとヤングは、警部の情報を得ようとして、わたしに接触してきました。いずれにせよ、初対面の時に警官だと自己紹介したも同然で、二度目には捜査課所属で、〃バーマン〃という人物と組んでいる、と伝えていました。そこでヤングはわたしの立場を把握しました。その後、ルダル家に下宿していて、急に出ていくよう警部から指示された、と話しました。ヤングにはざっくばらんに話したので、わたしがコネティカット・ストリートを中心とする事件に関わっていて、ルダル家の道路に面した部屋が貸し間だ、とも知っていました。その後ヤングは部屋を借り、警部とわたしが通り過ぎるのを待つだけとなりました」

5

バーマンは言った。「本事件を立証してみてくれないか？」

「ヤングには弁明の余地はないはずです。確固たる動機は別として、ヤングは銃撃事件当夜遅くに部屋を借りました――ミセス・ルダルに部屋を案内され、そのすぐ後、部屋にいるのをキャロラインに目撃されています。そしてチェンバーズが撃たれた十分後には通りに出てきて、わたしに話しかけてきたんです。帰宅途中だ、と。十七番地へは帰らず、それっきりでした。彼の弁護士は、狙撃はあの部屋で行われたという、こちらの主張に異議を唱えるかもしれません。ですが、あの部屋から出てくるのは可能だったはずです――ヤングが四日間借りる約束をして、ほんの数時間後、殺人の直後に出ていった部屋から。証人台に立って、それを覆すのは相当困難でしょう。それに、ヤングが部屋に指紋を残さなかったという事実――部屋にいる間中、手袋をしていたに違いありません。無実の人がそんなことをする必要があるでしょうか？」

パルグレーヴが言う。「その点について証人がほしければ、いるわよ。キャロラインがヤングを知っていた、と話したでしょう。もちろん、両親とテーブルを囲んでいる時には言わなかった。でも、頭痛がするから、とわたしが化粧室へ行った時、一緒に来てくれて、ヤングの話題になったの。母親から新しい下宿人が来たと聞いて、すぐに品定めに部屋へ行ったそうよ。時間を無駄にしないタイプなのね。部屋のドアの下から灯りが漏れていなかったんですって。男性の部屋へ初めて入るのに、キャロラインには口実があるの――アスピリンを持っていったり、とかね――それで中に入って、電球が切れているようだから、新しいのを持ってきましょうか？　と尋ねた。男性はベッドに寝ていなくて、暗闇の中、服も脱がずに座って窓の外を見ていた。電球は切れていない、と男性は言って、それなのにキャロラインに灯りをつけさせなかった。廊下の灯りをつけたから、男性がオーバーコートを着て手袋をしているのがキャロラインにはわかった。男性はキャロラインをぶっきらぼうに追い払った――この男性との〝楽しみ〟は望み薄だ、とキャロラインは思ったでしょうね」

「それが何時だったかわかるかい？」

「発砲のほんの数分前よ」

「ああ」バーマンは言った。「実に興味深い。本事件に残されている問題点――とにかく、説得力を持たせる上での問題点――は、チェンバーズをわたしだと見誤ったであろう理由だ。だが、窓から視線を外してキャロラインを追い払った、その時にチェンバーズときみ、アーミテージが来たんだ。その場合、家の前を通り過ぎたから、きみの後ろ姿だけ見えたのだろう。白い包帯できみを認めたヤングは、同行しているのがわたしだと思い込んだ。そう、その点をうまく伝えて答弁できるはずだ。キャロラインは貴重な証人となるだろう」

「そういうことでしたら」アーミテージは言った。「むしろ驚きですよね、キャロラインの――その、夜の冒険の有益なことが立証されるんですから。つまり、証明されるんですよね？」

6

再び沈黙が訪れた。そしてバーマンは言った。「アーミテージ、きみがあの日の夜、ひどく臆病になっていたのも、わざとわたしに神経過敏と思わせた、と理解していいのかね？」

「はい、その通りです。まったく動揺していませんでしたし、ルダル家に会うのも気になりませんでした」

アーミテージはいったん区切り、パルグレーヴをちらりと見た。「キャロラインに会うのも平気でした」アーミテージは続けた。「――ふたりきりにさえならなければ。でも」先を続ける。「警部と仕事を続けるわけにはいきませんでした。わたしが同行している時を見計らって警部の殺害が計画され、わたしを狙った銃弾が逸れて警部に当たったように偽装される、と考えた時点で――警部に同行するのは避ける必要がありました」

「なるほど。だが、あれほどぶざまにふるまわずにできたのでは？」

「えっ、そうですか？　できるかわかりませんでしたし、あのやり方でよかったか、いまもわかりません。もし虫垂炎などの病気なら、嘱託医に即座に調べられ、仕事に戻らせられたでしょう。それに、警部に計画を伝えたら、証拠を求められたでしょう。証拠がないと知ると、愚かさを叱責なさったはずです。そうですよね、警部？」

バーマンの顔に一瞬、微笑みが浮かんだ。「おそらく。だとしたら、わたしの失態だな、アーミテージ」

「それに警部はわたしの発言を無視したはずです――いつものようにふたり一組の行動をすると主張したはずですから。わたしの推理が正しかったら、遅かれ早かれ――おそらくすぐに――ヤングは再び銃撃の機会を狙っていたでしょう。チェンバーズが銃で撃たれたように、わたしを狙っていると思わせて警部殺害を企んでいました。そんな危険を冒せると思いますか？」

「否定しようがないな」バーマンは言った。「きみのすばらしい計画を事前に聞いたところで一笑に付しただろう。その愚かな推理が正しいと証明される確率はとても低かった。きみは臆病なふりをして、刑事人生を棒に振る危険まで冒して指示に背き、代わりの巡査部長をただちに呼ぶよう促した。わたしは確か、もう戻る場所はない、と言った気がする。ミス・パルグレーヴを失うかもしれない、とも警告したな?」

「はい、警部。さすがにへこみました」

「それでも、すべてのリスクを背負い、突飛ともいえる行動をやり通したな、アーミテージ。とにもかくにも、わたしが狙われないように」

バーマンがふとパルグレーヴに話しかける。理解を超えている。どうかしているぞ」「そう思わないか?」

「ブライアンは一途なんですよ」キティーは答えた。

訳者あとがき

本作「善人は二度、牙を剝く」は、英国のミステリ作家ベルトン・コッブの"I Never Miss Twice"（一九六五年）の邦訳です。「ある醜聞（スキャンダル）」（二〇一九年刊行）、「悲しい毒」（二〇二〇年刊行）、「善意の代償」（二〇二二年刊行）でお馴染みの人物も多く登場する警察小説です。

ロンドン警視庁捜査部巡査部長として勤務しているブライアン・アーミテージは、同僚から嫉妬されるほど上司チェビオット・バーマン警部からの信頼を得ており、警部の個人秘書として、ほぼ行動を共にしています。ロンドン市内で発生したダイヤモンド強盗事件の捜査に関して自らの推理を熱弁するものの、信憑性（しんぴょうせい）に欠ける点をバーマン警部に指摘されます。その頃アーミテージは、強盗事件の共犯容疑をかけている一家が貸し間を提供している、との情報を得ます。たまたま入居している官舎に工事が入り、そりの合わない同僚チェンバーズ巡査部長との相部屋に気が進まなかったこともあって、アーミテージは警官という素性を隠して、容疑をかけている一家の家に下宿します。先に潜入捜査で名を挙げた（「善意の代償」参照）フィアンセ、女性捜査部巡査キティー・パルグレーヴのように犯人逮捕に尽力したい、という思いもあっての行動でした。

アーミテージの捜査方法や推理は時として独創的で、必ずしも推奨できるものではありません。警官としては相当に脇が甘く、過失ではあるものの情報漏洩もしばしばあり、ヒヤヒヤさせられます。

しかし、アーミテージは持ち味の巧まざるユーモアや熱意、人懐こさ、など多くの魅力を持つ人物です。下宿先の個性的な家族とのコミュニケーションにアーミテージの個性が発揮されています。鋭い推理で解決するというよりは、関係者全員を巻き込みながら捜査を展開するのがアーミテージの真骨頂です。そんな彼を見守るバーマン警部の愛情あふれる叱咤激励に、感銘を覚えることでしょう。また、フィアンセである女性警官キティー・パルグレーヴが機知に富む言動でアーミテージを支える様子は、本作にスパイスを利かせるものとなっています。

さて、本作品にはパブがよく登場します。「パブリック・ハウス」の略称であるように、誰にでも開かれた場所で、昼から夜にかけて営業されていますが、英国ではパブの閉店時間が午後十一時と決まっているため、作中でも登場人物がパブの閉店時間を目安にして行動する場面がいくつかあります。

また本作のパブやレストランの屋号は〈牡鹿とヤマアラシ〉（ザ・スタッグ・アンド・ポーキュパイン）、〈笑うオオハシ〉（ザ・ラフィング・トゥーカン）、〈金の竜〉（ゴールデン・ドラゴン）〈アオスジアゲハ〉（ブルー・トライアングル）というもので、日本の文化とはやや異なる感があります。

英語圏では、それぞれの動物が象徴する事柄があります。「牡鹿」は「精力、たしなみ」、「ヤマアラシ」は「防御、抵抗」、「オオハシ」は「人前における知恵の共有」、「金の竜」は「目標達成・成功」「アオスジアゲハ（青色の蝶）」は「変化、復活、愛」を示しています。それを踏まえますと、〈牡鹿とヤマアラシ〉は精力と防御という相容れない状態、〈笑うオオハシ〉は知恵の共有を笑う状態、〈金の竜〉は捜査の成功、〈アオスジアゲハ〉は変化による復活の状態を暗示しているといえます。登場人物たちの状況とパブ、レストランの屋号がさりげなく連動していることに気を留めて読み進めていただければ、作品をより楽しめると思います。

なお、校正者より「一五二頁～一五五頁で抜け落ちている箇所があるのではないか?」との指摘がありました。訳出の底本とした単行本（W.H.ALLEN社、一九六五年発行）と訳文を照合確認したところ、原文通りの訳出であることが確認できましたが、原文通りですと前後関係に齟齬が生じて抜け落ちがあるように感じられるのは確かで、校正者の指摘は的確でした。原文通りでは読者の方々にも不親切と感じましたので、担当編集者とも相談のうえ、ミセス・ルダルの会話に「一週間分の前金をもらった」という主旨の文章を加筆しました。

また、登場人物の表記について二点、お断りがあります。

主人公と多く接点を持つフィリップ・ヤングという人物が登場しますが、訳出底本では、一箇所だけPeter Young（原書六四頁）と記されており、それ以外ではPhilip Youngと表記されています。こちらは原書における誤植と判断し、本書では担当編集者とも相談のうえ、フィリップ・ヤングの表記に統一しています。

また、キャロライン・ルダルは原書では略称である「キャリー（Carrie）」の表記が主として使われており、女性警官キティー・パルグレーヴはすべて「キティー（Kitty）」の略称表記となっています。日本語では「キャリー」と「キティー」は似た表記となるため、同じページ内に二人の名前が出てくる箇所で読者が混乱すると判断し、前者は「キャロライン」表記に統一して訳出しました。

本書の訳出と刊行に当たり、多くの方々にお力添えいただきました。心より感謝いたします。

〔著者〕

ベルトン・コッブ

本名ジェフリー・ベルトン・コッブ。1892年、英国ケント州生まれ。ロンドンのロングマン出版社の営業ディレクターとして働くかたわら、諷刺雑誌への寄稿で健筆をふるい、特にユーモア雑誌『パンチ』では常連寄稿家として軽快な作品を多数執筆した。長編ミステリのほか、警察関連のノンフィクションでも手腕を発揮している。1971年死去。

〔訳者〕

菱山美穂（ひしやま・みほ）

英米文学翻訳者。主な翻訳書に『ある醜聞』、『悲しい毒』、『嘆きの探偵』、『善意の代償』（いずれも論創社）など。別名義による邦訳書もある。

善人は二度、牙を剝く（ぜんにんはにど、きばをむく）

——論創海外ミステリ　315

2024年3月20日　初版第1刷印刷
2024年3月30日　初版第1刷発行

著　者　ベルトン・コッブ
訳　者　菱山美穂
装　丁　奥定泰之
発行人　森下紀夫
発行所　論 創 社

〒101-0051　東京都千代田区神田神保町2-23　北井ビル
TEL:03-3264-5254　FAX:03-3264-5232　振替口座 00160-1-155266
WEB:https://www.ronso.co.jp

組版　加藤靖司
印刷・製本　中央精版印刷

ISBN978-4-8460-2379-9